FAIS DE MOI LA COLÈRE

Vincent Villeminot

FAIS DE MOI LA COLÈRE

Roman

LES ESCALES
DOMAINE FRANÇAIS

L'auteur a bénéficié d'une bourse du CNL pour l'écriture de ce livre.

12, avenue d'Italie
75013 Paris – France
Courriel : contact@lesescales.fr
Internet : www.lesescales.fr
ISBN : 978-2-36569-340-0
Dépôt légal : août 2018

Imprimé en France
Couverture : Hokus Pokus Créations
Mise en pages : Nord Compo

« Il y a des morts qui sommeillent dans les chambres que vous bâtirez. Des morts qui visitent leur passé dans les lieux que vous démolissez. Des morts qui passent sur les ponts que vous construirez. Et il y a des morts qui éclairent la nuit des papillons, qui arrivent à l'aube pour prendre le thé avec vous, calmes tels que vos fusils les abandonnèrent. Laissez donc, ô invités du lieu, quelques sièges libres pour les hôtes, qu'ils vous donnent lecture des conditions de la paix avec les défunts. »

Mahmoud Darwich, *Discours de l'homme rouge*

« Nous n'avons fait que fuir,
nous cogner dans les angles /
Nous n'avons fait que fuir /
Et sur la longue route des chiens
resplendissants deviennent nos alliés. »

Bertrand Cantat, *Nous n'avons fait que fuir*

PROLOGUE

Moi

Comment l'appellerai-je, quand il sortira ? L'enfant qui nage en moi ?

« Crocodile » ? « Convoitise » ? Puisqu'il me ronge ?

« Empire », puisqu'il m'occupe, colonise mon sein ?

Ce ne sont pas des prénoms, pour un enfant.

Comment le baptiserai-je ?

Le devinerai-je brutalement, son prénom, quand la poche se déchirera, qu'il sortira la tête, chevelu, entre mes cuisses ?

J'aurai peur ; je n'ai que dix-huit ans.

Quand un plein seau de liquide amniotique tombera sur le plancher, entre mes jambes, de quoi remplir une cuvette, qu'il ne lui restera qu'à sortir, me déchirer le col, pour cligner des yeux, laisser entrer l'air dans ses poumons, d'un coup, et crier, j'aurai peur.

Il cessera d'être aquatique.

Je ne pourrai plus lui imaginer des branchies quand je sens ses mouvements/contorsions contre ma peau, sous elle ; des doigts palmés, un appendice caudal au bout de sa colonne. Ses yeux, écarquillés sous l'eau, cilleront. Lumière.

Il crachera du mucus, du liquide : un noyé vient à la vie.

Il me semble qu'il sera des nôtres, à cet instant-là, je pourrai lui trouver un prénom, un baptême.

Moi, c'est Ismaëlle.

Cela n'a rien à voir avec la Bête que nous avons tuée, dans le lac. C'est depuis ma naissance. C'était peut-être même avant, va savoir.

Je m'appelle Ismaëlle et ça débute comme ça : un prologue, un baptême.

*

« Ismaëlle », rescapée de sa propre naissance.

Était-ce une décision qu'ils avaient prise, avant ; mon père avec ma mère ; pendant que je me formais, surgeon, dans la poche de ses eaux ? Ismaël, un marin, pour baptiser leur fille ?

A-t-il choisi ce nom, après, seul, à cause du naufrage ?

Pour savoir, il faudrait revenir à ce ventre, que je reprenne ma place en elle – maman.

Je m'étirerais de nouveau, en ces eaux, dans le liquide poisseux, au risque semble-t-il de briser sa matrice. Mais non : c'est élastique, la peau, c'est un miracle.

Le rouge et la lumière diffusent, parviennent. Ils m'éblouiraient à travers la peau fine, veinée. Et moi, les yeux ouverts, écarquillés, à attendre le monde, à regarder le monde au cœur de ses ténèbres, les yeux voilés de sang et d'eau, je tendrais l'oreille, je la collerais au mystère de son ventre – je les entendrais parler, mes parents, leurs murmures. J'en connaîtrais le sens cette fois ; je ne serais plus barbare, *infans* ; j'entendrais qu'ils se disent l'un à l'autre mon prénom dans l'émerveillement d'une révélation.

Ou pas.

Il faudrait revenir, moi, je ne le peux pas.

Ma mère est morte en couches le jour de ma naissance.

Tout ce que je sais, de ce prénom, deux ailes pour s'envoler, c'est qu'il me vient du livre. Melville. La baleine. A-t-elle eu le temps de savoir, maman, que la délivrance avait été, finalement, celle d'*une* rescapée ? Ou était-elle concentrée, déjà, sur l'autre idée : sa mort qui s'en venait ?

Enfant, mon père feuilletait pour moi un roman au dos rouge :

Ismaël, marin de Nantucket, en était le narrateur ;

il serait le dernier survivant de la chasse au harpon, à la dernière page,

il nagerait au milieu des débris du *Pequod*.

J'aimais ce livre : la baleine, le sauvage, Queequeg, cannibale à la pipe ; et surtout que le héros se nomme comme moi.

*

Mon père n'aimait pas lire, moins encore de romans. Ma mère, elle m'en aurait nourrie. Elle vivait dans les livres.

Professeure de lettres, de la ville ; débutante ; affectée chez nous pour ses débuts. Timide, éthérée, rêveuse, je la suppose ; fragile, presque ébréchée (évanescente peut-être, comme sont les étudiantes, de lettres, qui s'illusionnent : la littérature, c'est un pieu fiché en terre). Sans doute se rêvait-elle des avenirs lettrés, d'écrivaine elle-même, ou simplement de muse, d'égérie ; compagne d'écrivain… Je ne sais pas. J'imagine. Les femmes ont des modesties, elles savent se contenter de la place assise, sur le banc, à côté.

Elle rencontra mon père.

Ils s'aimèrent.

Elle lâcha ses prétentions, obtint quelque chose : un poste, des remplacements, des leçons… Accessoire. Cela n'importait plus.

En hâte, ils se marièrent. M'attendirent.

Et en naissant, je la tuai.

*

L'enfant gonfle mon ventre ; l'arrondit.

Je regarde ses jeux, sous ma peau. Il ouvre un lac entier à l'intérieur de moi. Ses mouvements pointus troublent sans cesse ma surface. Tendue comme un tambour. Déformée. Ma vase et mon argile le nourrissent.

Il pousse sur ses jambes. Il ne sait d'où il vient, où nous allons.

Son cri est un silence.

Ce soir, assise sur l'herbe, sur le tertre, je pense à ça. Ma naissance. Ce baptême. Comme si, pour vivre, j'avais dû lui emprunter son âme et son souffle, à ma mère, et même voler le cri, déchirant, que nous poussâmes ensemble. Presque ensemble.

Inspirer.

Expirer.

J'aurai peur, quand il viendra. Je serai terrifiée.

*

Sur les photos, elle avait une peau blanche – porcelaine fine, sous quoi les veines bleues remontent le sang au cœur, comme un émail fêlé. Annonçait-elle le naufrage, cette peau, ce *raku* ?

J'ai la même. Je suis blanche comme ma mère. Presque exsangue.

J'ai sa blondeur trop pâle, son teint.

Mourrai-je moi aussi, en couches, d'hémorragie ? À la dernière page ? L'épilogue ? De l'enfant que j'attends, qui bouge dans mes entrailles, qui va percer la poche, me faire perdre les eaux ?

Il en faut du courage, inconscient, pour continuer sans toi, Ézéchiel.

Veux-tu que je raconte ?

MOI SEULE, JE NE PUIS RIEN

Seule
(Dix-huit mois plus tôt)

Ça commence comme ça :

Mon père, le Pêcheur, se noya à la toute fin d'avril.

Sa barque fut retrouvée, près d'une bouée de mouillage ; un midi voilé de chaleur ; vide ; dérivant dans la lumière laiteuse, vibrante, que reflétait le lac ; abandonnée.

Un collègue d'un port voisin la signala.

La Bête, Mammon, n'y était pour rien. Elle ne nageait pas encore entre deux eaux.

*

On vint me chercher dans ma classe, pour m'avertir.

Madame P., la professeure de français – « de lettres » –, avec notre infirmière.

J'imagine leurs mots, ceux de mes professeurs, entre eux, entres elles surtout ; quand la gendarmerie appela le lycée, que le proviseur signifia la chose aux enseignants : il fallait me prévenir.

Ce fut entre elles que ça se décida. Sans doute. Oui.

« C'est moi. Je vais le faire. »

« Orpheline à seize ans… Vous vous rendez compte… »

Parce que les hommes sont lâches.

Ça les arrange bien que les femmes mûres s'inventent des filiations, sororités rêvées, maternités, fantasmes ; ménopause (quand leurs hommes et leurs enfants les ont laissées en rade).

« Non, moi. Je *dois* le faire. »

Foire d'empoigne, feutrée, à celle qui emporterait mon malheur de haute lutte.

« Moi. »

Madame P. s'imposa.

*

Madame P. :

(Elle pose la main sur mon épaule.)

— Je suis désolée, Ismaëlle.

(Elle m'enveloppe, s'humecte les lèvres.)

— Ton père a disparu. Au large.

(Ses yeux brillent, son visage rayonne, de ce rôle qu'elle tient, le rôle de sa vie.)

— Les gendarmes ont appelé. Ils viennent te chercher. La vie est si *injuste*.

*

Je fus brutale, au cours des mois qui suivirent, comme avec Madame P. ce jour-là.

Violente, intransigeante.

Mais c'était d'être seule, et puis il le fallait : la mort m'avait enfantée, de nouveau, tu comprends. Mise au monde. Sortie des eaux profondes, pas encore dessillée. La mort de mon père, après celle de ma mère.

Mes pensées étaient gauches, maladroites.

Vulnérable, nue, exposée par surprise, je n'avais pas de force, de sein où m'accrocher. De bras avant les tiens. Il fallait être inflexible, et cassante.

Mais j'anticipe.

Ce jour-là, donc :

Les gendarmes m'emmenèrent. Me firent part de leurs constatations.

Rien.

Une barque vide. Pas de mort. Pas de piste, de noyé, d'explications, d'indices à produire.

Pas de Bête encore, comme explication, alpha et omega, de tout.

On a lancé des recherches, dirent-ils. Sans préciser. Cherchait-on un pêcheur ou son corps dérivant ? Nous ne sommes pas en mer : dans un lac comme le nôtre, Léman, on ne disparaît pas. Par temps calme, on revient à la nage dans l'heure, ou c'est qu'on a coulé. Et plus tard, dans ce cas, on remonte lentement – le lac vous garde, entre deux eaux, plusieurs jours, une grume de flottage, puis il vous ramène tout gonflé de vos gaz.

*

— Tu as une famille ? Quelqu'un à appeler ?

Personne.

— Une voisine ? Une amie chez qui dormir ?

— Je peux rester chez moi, le temps qu'on le retrouve.

— Quel âge as-tu ?

— Dix-sept ans dans un mois.

Ils grimacèrent, se regardèrent entre eux. Quoi faire d'une fille mineure quand elle est seule au monde ?

— Je n'ai pas peur, vous savez. Il pêchait de nuit.

Je ne me souviens pas des trois jours d'attente.

Fus-je absente ? À moi-même ? Toute à eux ?

Errai-je dans la maison, frôlant des objets ; effeuillant des photos ; défroissant et lissant une note manuscrite (liste de courses, pense-bête, relevé de criée – il n'écrivait rien d'autre) ; ouvrant des vieux dossiers sur notre ordinateur ; reliques-tabous-ouijas ; tables tournantes ; chaque endroit – cette veste vide, pendue à la patère, dans l'entrée – me liant à lui, et par lui à ma mère ?

Cette dimension physique de l'absence – silence des parquets, pièces désertées, bras des fauteuils vides – qui est l'absence même.

Une chaise face à soi, au souper.

Un seul verre sur la table, au couvert. On finit par manger à même les plats.

•

Parlai-je à des fantômes ?

De quoi ?

Répondirent-ils ?
Je ne pleurai pas.

M'adressai-je au ciel sec ? Au lac, son linceul ? Jour, nuit ?
« Où est-il ? »
« Où es-tu ? »
Peut-être. Je ne sais plus. J'étais une enfant mise au monde dans le noir. J'avançais à tâtons. C'était si neuf, leur abandon.

On le repêcha, dérivant à plat ventre, bras en croix, ses yeux scrutant le fond.

Le travail qu'avaient fait sur son visage et son corps l'eau et les animaux (des anguilles et des vers, des oiseaux, les poissons), en trois jours, ressemblait aux contes effrayants qu'un père raconte à sa fillette, afin qu'elle écarquille les yeux longtemps, dans la nuit, après qu'il l'a bordée.

Il m'avait raconté son lot de malédictions, de naufrages et de nuits ; de vagues scélérates.

Comme des épopées.

Il m'avait emmenée à la chapelle votive, à la pointe du lac.

« Tu n'imagines pas », disait-il.

*

Il n'imaginait pas. Son lac. Ce qui viendrait. Les morts, qui remonteraient ; la Bête qui viendrait. Mammon, la Bête obscène.

Pour l'heure, cela se tapissait au fond.

Trois cents mètres de fond. Plus profond que la Manche. Le Léman est un lac tropical, dit la science. Trois cents mètres, température de l'eau constante sous la surface, à cinq mètres. Son centre ne gèle jamais. Ce qui se cache au fond, dans les vases, les sédiments, il faudrait un *shuttle* à ciel ouvert pour le visiter.

*

Les gendarmes me dirent de ne pas venir pour l'identification.

Tout le monde connaissait le Pêcheur. Et ce visage, quoi qu'il en soit, ce n'était plus lui.

Je n'eus pas le courage de contrevenir.

On vissa le couvercle. On apposa le sceau.

Il y avait dans l'église, autour du cercueil, une foule raisonnable, parce que c'est l'usage dans notre ville thermale qu'on prenne un demi-jour de congé, pour les obsèques, quand meurt une connaissance.

Les autorités municipales avaient délégué un adjoint. Le Pêcheur, tout de même... Il s'épongea le front pendant toute la cérémonie, et quand il me serra la main pour les condoléances, la sienne était moite, comme ses regards sur moi.

*

J'étais en robe d'été – la seule de la penderie. Canicule en avril.

Circonstance ? Réchauffement ? Climat ? Anecdote ou partie d'un grand tout, planétaire ?

Le soleil donnait, implacable, au cimetière. Impression de malheur.

*

Après les funérailles, le curé me garda à déjeuner. Il me servit un verre, j'y trempai les lèvres ; c'était un vin cuit, blanc, sucré, de muscat peut-être, ou de porto. Apéritif de femme. Ni vinaigre ni fiel. Je grimaçais tout de même : une enfant.

(Le curé, c'était le seul à venir chez moi, avant. Chez nous.

Pour le reste, mon père ne cherchait pas à se lier.

On ne savait de lui, en ville, que le drame de son veuvage, et cette fillette gaie, insouciante, qu'on le voyait mener à l'école, à l'église, au café où il buvait en terrasse, parfois beaucoup, jamais assez pour oublier, l'empêcher de retrouver la maison...

Je l'aidais à repriser les filets, à les laver.

Je me levais à l'aube pour monter sur sa barque, les jours sans école.

J'écoutais les contes de mon père qui sentaient notre large, moins grand qu'un océan, modestement lacustre, mais un large tout de même ; et le roman de ma mère, *Moby Dick*.

Tous les deux. En vase clos.

Seul le curé venait souper chez nous, une fois par mois. En ces occasions, ils prenaient des nouvelles l'un de l'autre : du temps, des prises, du vent ; des dimanches désertés et des courants d'air qui traversaient l'église.

Pêcheurs, pêcheurs d'hommes.)

Nous nous tûmes, en mangeant. Ils le faisaient tous deux quand ils étaient du même monde.

Qu'aurions-nous dit ?

Le mort n'est plus le corps : c'est de la masse inerte, chair, liquides, et gaz. Ce qui fait l'univers, c'est l'étincelle de vie. *Anima. Anima mea.*

Avril exceptionnel, « canicule », c'est-à-dire : temps à ne pas sortir une petite chienne dehors ; à faire crever un chiot, une petite chienne en chaleur, privés d'ombre.

Je rentrai chez moi, quittai cette robe qui me fardait en femme.

Je lavai mon visage.

Plus tard dans la journée, je descendis, seule, sur les berges de A., pour un adieu païen. Je voulais disperser des fleurs et le tabac à rouler de mon père. Une saute de vent les prit, les emporta au large. Le ciel ricanait.

Je m'assis.

La rive à cet endroit était une pelouse verte, en pente douce, jonchée de chiures d'oiseaux.

La grève de galets. Le soleil, au loin, froissait sur l'eau des feuilles de métal.

Les nuances du couchant jaunirent la surface, puis elle devint mate. Bleu nuit. Nuit noire.

Amarres

Ce fut cette nuit-là que je me touchai.

À seize ans, et pour la première fois.

Peut-être avait-il fallu, pour que mes mains trouvent le chemin, qu'il me quitte ; que je quitte l'enfance.

Je me touchai les seins, timidement, et les grandes lèvres se gonflèrent, pleines de sang.

Elles s'ouvrirent, sous mes doigts. Encore maladroits.

Souffle court.

Sidérée.

Cela brûlait partout. À la fois. Partout.

Et mes doigts sur mon sexe, hésitant, explorant, remontant entre les petites lèvres humides ; spasmes ; s'impatientant, ahanant ; mes doigts trop pressés furent un élancement. J'eus le sentiment d'être ouverte, écorchée, mille piqûres à la fois, à la surface, mille nerfs, mille fourmillements, par vagues.

Partout.

Une eau fraîche et brûlante, qui soulage ; exaspère à la fois. Une blessure, sa guérison, son regret ; une amputation qui démange encore.

Une lumière blanche brûla, au cœur de mes tréfonds, corps stellaire qui écartèle l'autre – le corps pesant, terrestre –, le submerge, l'annihile, et brille encore, mille ans, mort peut-être, par ce ravissement.

Et je jouis, longtemps, dans un cri de surprise.

Enquête :

Mon père avait bu, dirent les gendarmes. « Trop », conclurent-ils, et ils s'y entendaient – leurs effluves de sueur, d'anisette, leurs yeux larmoyants, pellicule vitreuse.

Ses filets alourdis s'étaient coincés, dirent-ils, dans quelque haut-fond, et, dans son effort pour les remonter, ils l'avaient entraîné.

Sans doute.

« Sans doute » voulait dire qu'ils n'en savaient rien.

Moi non plus, je ne savais pas. Ne pleurais pas non plus. On ne m'a pas appris. (Mon père avait voulu que je sois cette enfant gaie.) Les larmes eussent été, peut-être, en ces heures, d'une douce amertume, souvenirs et séparation intimement mêlés – comme une eau ou une huile versée sur mes plaies. Mais mes yeux restaient secs.

Que faire ? *Was tun ?*

Que faire, et avec qui ?

*

Le soir où les gendarmes me restituèrent sa barque, j'y montai.

Je n'avais plus de parents. Pas d'attaches. Une amarre, seulement. Un anneau au port. Un bateau, une barque, un banc de nage.

Le labeur nous assigne à un lieu, une condition, une chaîne.

J'y demeurai assise pendant une heure. Le port se taisait. Finalement, je me penchai par-dessus la lisse et recueillis dans ma paume un peu d'eau d'avril, encore froide, pleine de la fonte des neiges.

On dit que les noyés parfois s'endorment, yeux ouverts, sans éprouver d'effroi, dans un calme de cire. Mon père avait-il eu le temps, lui aussi, de transir ?

La Bête ne croisait pas encore, Ézéchiel. Elle ne nageait pas. L'eau du port était noire.

Mammon.

Personne ne songeait à hérisser son dos de harpons, encore.

Toi seul, tu savais.

Quand je partis vers le large le lendemain, ce fut sans autre but, croyais-je, que d'entendre le moteur hors-bord ; la fumée de diesel ; et le battement régulier des vagues sur la coque ressuscitait mon père.

Ses manières de pêcheur me vinrent sans prévenir ni l'avoir prévu. Précipitées, comme l'étaient, encore, mes masturbations. Imprécises. Haletantes.

Je jetai le deuxième filet, n'importe où, parce qu'il était resté sur le banc de nage, avec les casiers ; et parce que c'est sa fonction, qu'on le jette.

Je ne pris rien.

*

Je ne me souviens pas avoir pris davantage une résolution, ce soir-là. Mais le matin d'après, j'allais trouver son avoué, T., homme maigre et méchant.

La patente s'hérite. J'étais seule légataire, universelle, mineure. L'avoué entama pour moi une procédure d'émancipation – étrange terme : comme si, esclave, j'avais été mon propre affranchissement.

Je quittai le lycée.

J'opposai un front buté au curé qui me prit à part le dimanche suivant, à la sortie de la messe, pour me décourager.

J'opposai mon silence, quelques semaines après, à Madame P., vieille et digne femme française, « de lettres », entêtée, quand elle vint me trouver sur la rive, tailleur et talons ; cartable de professeure.

— Les livres sont ton avenir, Ismaëlle. Celui que ta mère, et ton père sûrement, aurait voulu pour toi...

Qu'en savait-elle ?

— Je le sais. J'ai connu ta mère. Nous avons enseigné ensemble, avant ta naissance.

— Et ensuite, elle est morte.

Quand, nantie de la patente – enfantée par mon père –, je partis à la pêche, finalement, fin juin ; quand je revins au matin sans avoir rien pris ; quand personne, depuis la rive, ne me cria de lancer le filet à droite de la barque, aucun Dieu barbu, en sandales, debout sur le rivage, je dus me débrouiller.

Me bricoler pêcheuse.

C'était dans mon sang, peut-être. Une mémoire, un art, un tour de main.

À moins que cela ne soit la mémoire des poissons… Souvent, ce sont les victimes qui se souviennent – les victimes s'obstinent, retournent à la nasse, se faire tondre, tuer, ouvrir, vider ; c'est comme une habitude.

*

Aurait-elle voulu un autre avenir pour moi ? Ma mère ? Ce n'est pas sûr.

Elle vivait dans les livres. L'amour des livres aurait coulé de son sein maternel, en moi ; s'il ne s'était rompu ; si je ne l'avais déchiré dans mes mouvements hâtifs, désordonnés, pour sortir du giron.

Elle m'en aurait nourri, comme on gave son enfant, au sein, à satiété.

Le lait coule, par le canal galactophore. L'érection du téton, permanente ; il durcit, perd sa souplesse, son grain ; ressemble quelques mois aux tétines des vaches ; aréoles plus sombres, luisantes de vaseline à cause des crevasses. Le lait coule sur les lèvres, l'enfant rote, de trop-plein ; dans la gorge, puis l'estomac, puis l'intestin du nourrisson ; jusqu'à l'écœurement.

Les mères gavent plus qu'elles ne nourrissent.

Et c'est par ce truchement que les filles commencent à ressembler à leur mère. Par le sein.

Quand les seins leur poussent, elles se mettent à haïr leur mère, dit-on.

Et leurs mères les haïssent.

C'est ce qu'on dit.

Quant à nous, je crois que nous aurions été amies – elle et moi.

*

Je finis par en prendre. Des poissons.

Le soir de ma première criée, mi-juillet, pluies d'été, j'entrai sans un mot dans le café du père.

Des hommes. Entre eux.

J'étais propre, comme lui. Avant d'aller boire, j'avais rincé au jet l'atelier, retiré le tablier, récuré sous mes ongles. Mes mains sentaient le poisson, malgré tout, comme les siennes, d'avoir levé les filets luisant d'écailles jusqu'à l'écœurement. (J'étrillerai mes mains, des jours entiers, jusqu'à rougir, à m'écorcher, sans jamais plus la perdre, l'odeur de viscères et de javel.)

Il y eut un silence, le temps qu'on examine ma présence parmi soi. Qu'on la considère.

Puis les conversations d'hommes reprirent.

Le lendemain, quand j'entrai, on se tut moins longtemps.

Ensuite, plus du tout. On s'habitua à moi, assise à une table. Silencieuse comme lui. J'étais « la fille du Pêcheur » ; à ma place. Pas encore « Ismaëlle », « la Pêcheuse » – la pécheresse, petite pute à Nègre.

Patience, cela viendrait.

FILLE

Fille,

durant tout l'été, je tus les filets trop lourds, les vêtements trop grands,

le ciré de mon père si mal taillé pour moi et mon corps maigre.

À qui les aurais-je dits ?

La pluie s'infiltrait par le col et aux manches, au point d'en être trempée dès l'aube, quand il pleuvait.

Si tu oublies une fois, une seule fois, de remettre les gants, le filet te cisaille les mains, Ézéchiel.

Ma hanche s'était brûlée sur le moteur hors-bord et ne cicatrisait pas ; les ampoules, je les crevais le soir, les retrouvais à vif le lendemain.

*

Fille, viande fraîche.

Au café, les jeunes de chez Baud BTP, M. et V., me tournaient autour, comme des chiens affamés. Rut.

Ils avaient des gilets fluorescents, leurs casques posés sur le zinc, des bras durs, des veines saillantes au cou. Ils sentaient le diesel, la sueur et le goudron chaud. L'homme.

Je sentais leur concupiscence, agacée, énervée.

J'aimais ça.

*

Fille, encore. Midinette.

Artichaut qu'on effeuille.

Je flirtai cet été-là avec Maxime, rencontré en juillet sur le port.

Il gréait un voilier ce soir-là quand je rentrai ma barque. Blondeur. Hâle. Sourires. Dents blanches, saines. Premiers mots qu'on échange – plaisanteries réciproques.

Sa surprise, que je le prenne sur ce ton, le sien.

Il porte un polo, un bermuda, une paire de chaussures de marin en cuir.

Manières inconnues ; désirables ? Non. Sans doute. Ridicules. Ce qu'il exhale, c'est un parfum d'exotisme – argent, aisance, certitudes en tous lieux. Hooper chez Benchley. Mais, ce faisant, il ne sait pas qui je suis : Ismaëlle. La rescapée. Fille de deux malheurs. Il me prend pour une autre, ouvrière du lac, inconnue, plus âgée, plus dure, mieux affranchie, pense-t-il, que celles qu'il côtoie au lycée.

Cela l'excite-t-il ?

Liberté, liberté immense, infinie, candide, des sans-nom, sans-passé. Terres vierges qui dérivent, se rencontrent, se percutent, tectonique.

Émoi, frémissement dans l'échine, le derme, l'épiderme, le bas-ventre.

Premier baiser. Première... Les amours d'été sont comme nos mensonges. (On sait qu'ils ne durent pas, mais on se trompe tout de même. Soi-même.) Ils nous offrent des répits.

Ivresse. Cécité.

Chaleurs.

Il est en vacances avec sa famille, trois semaines – *resort*, suite et *club-house*, dans le palace ***** perché sur les hauteurs. Nous nous retrouvons, sur le port, tous les soirs, au café du Yacht Club. Je bois des panachés, enivrants. Il paye.

Assez vite, nous nous embrassons. Quand il me pelote les seins, dans la cabine à voiles du port, je mouille ma culotte. Déroutée. Pantelante. Émue.

Il tente d'aller plus loin. Enhardi. Enflé comme un oiseau, un roitelet, de ses premières conquêtes.

Quand je sens sa main se glisser dans ma culotte, vers la moiteur, la buée, la jungle de mon sexe (tropicale comme un lac, aussi profonde et sombre, cinq mètres sous la surface), je vois mon père. Son visage. En surplomb.

Cette façon qu'il a de froncer les sourcils.

« Trahison », dit-il.

Trahison de classe.

Maxime sent que je me raidis, veut forcer mon sexe comme un gibier. Trophée. Je lui bloque le bras, le tords, à le rompre.

Il pousse un cri surpris, retire son poignet.

Je le gifle.

Sa joue cuisante. Larmes qui montent aux yeux.

Morveux. Va te moucher. Reproduire ton capital culturel ailleurs, dans d'autres chattes. Va te servir dans tes enseignes, trousser les filles des amies de ta mère, ou de ta grande école.

Pas chez moi, sur moi.

Pas tes doigts en moi.

Fille ? Fille.

Digne fille de son père. Ton engeance, papa.

Quand les seins m'ont poussé, à l'adolescence, tu n'as pas voulu m'emmener acheter ma première brassière. Je me souviens, ta gêne d'homme sans mots – de prolétaire ? –, ta gêne attendrissante d'homme embarrassé par ce deuxième sexe.

Pudeur.

Tu as sollicité un rendez-vous auprès d'une professeure. Une femme, cultivée. Mademoiselle Y., la plus jeune ; ma préférée. Tu lui as demandé de m'expliquer, pour ça et pour les règles.

Elle était professeure de SVT, sciences de la vie et de la terre. (Était-ce la vie, la terre, cela ? Pour ma mère, elles se confondent. Pour nous toutes, finalement.)

On les a faites ensemble, les courses, toutes les deux. « Entre femmes. »

Je me souviens d'un sentiment de ridicule, de honte, et de fierté. Est-ce pour cela qu'on prétend haïr sa mère, quand nous viennent les seins ? La honte, la fierté ? Le ridicule ?

Je n'aurais pas haï la mienne, j'en suis sûre. Nous aurions ri ensemble.

*

Fille de mon père.
Oui.

Et fille-mère, aujourd'hui. Les seins me poussent, de nouveau, me font mal, embellissent. Leurs aréoles, deux fleurs, s'épanouissent, sanglantes, lie-de-vin, sombres, noires dans la pénombre, sur le globe pâle plus lourd. La pomme devient poire. Gravité.

Mes tétons pointent, sans raison, qu'importe le tissu, le froid, la chaleur ; l'excitation.

C'est par cette tension-là que j'ai su.

Quand l'enfant donne des coups, dans la matrice gravide, je ne pense pas à maman, qui aurait pu m'accompagner.

Je repense à la Bête. À la chasse.

À toi, Ézéchiel, ta terreur. Crocodiles.

Crocodiles, les enfants dévorent parfois leur mère.

Les morts qu'on voit flotter le long des golfes clairs

L'été s'en alla, avec les plaisanciers. Les morts allaient venir, bientôt. Puis la Bête. Nous ne le savions pas en cette arrière-saison, sauf toi.

Tu t'installais chez nous, là-haut, sur le plateau.

Nous, nous croyions seulement que nous allions vers les froids.

*

Ma voix s'affermissait en passant la commande. Les verres de vin blanc limé m'arrachaient encore, parfois, une grimace.

J'avais un goût de vomi en bouche.

Nous nous habituions.

J'avais cette dureté, cette endurance au mal de notre espèce ; nous, filles – femmes, mères, femelles. Nous, ouvrières, travailleuses ; pécheresses. Corps et âme faits/forgés pour une patience infinie à la douleur

– mêmes gestes, répétés à l'infini ; mêmes contractions, pousser, expulser, malgré l'étroitesse du bassin dans nos hanches. *Travail.* Science immémoriale.

*

Les premiers froids de septembre me gercèrent.

La bise d'octobre me transit, les larmes semblaient brûler sur mes joues.

Le soir, après avoir soupé d'une conserve froide, je m'endormais sans forces, rompue, douloureuse ; je pleurais d'épuisement et de solitude, des sanglots secs, chaque matin.

Mon père, jamais, n'aurait cru me transmettre un *travail* : les filles ne pêchent pas. Les enfants non plus. Étais-je l'une ou l'autre, encore ?

Chaque nuit, dans les draps, les doigts tremblants, je me touchais, raidie, des spasmes dans le ventre, les reins ; mes doigts m'électrisaient ; et cabrée par le manque, le manque toujours plus grand, je restais, cherchant mon souffle.

*

Il fit beau.

Octobre, ce sont les brumes, puis, le lendemain, sans que rien le présage, le soleil revient ; derniers jours indiens rescapés de l'été.

Les six jours de bise noire avaient tout dégagé. Je travaillais dans la barque en tee-shirt, les manches relevées sur les épaules, pour offrir ma peau aux dernières chaleurs. Un film de sueur. Mes bras avaient changé. Je souriais, mains gantées, en m'essuyant le front.

Les arbres se préparaient à leur mort de l'hiver.

Déjà, quelques fois, au crépuscule, on reniflait une odeur de neige. J'appréhendais novembre, le blanc, du ciel, du lac, le vent mordant.

Cela n'arriva pas.

Nous vîmes les premiers corps flotter le jour des morts, lendemain de Toussaint (c'était le signe, de leur part, d'un certain à-propos).

La bise était tombée la veille. Le lac, une surface lisse. Ils dérivaient, assez loin de la rive, mais bien visibles. Une poignée de morts posés sur le glacis, vers le centre, là où les eaux sont profondes, où elles sont une frontière entre nous et la Suisse.

*

Une vedette de police partit pour les chercher.

Nous en vîmes une autre venir depuis la Suisse. Allait-on se les disputer ? Mesurer la distance, les courants ? Provoquer un conflit, frontalier, une guerre franco-suisse des médecines légales ?

Ingérences ? Swissxit, imprononçable ?

Moi, bien sûr, je songeai à mon père en les voyant flotter. C'était encore à vif. Je me trompais – cette fois, ce n'était pas un drame, une circonstance ; c'était une merveille.

Car voilà :

Il y eut d'autres morts, le lendemain. Dérivants, dispersés.

Puis le surlendemain. Plus nombreux. Et davantage encore le jour d'après. Deux dizaines au moins. Ils flottaient. Les vedettes de police partaient pour les glaner, depuis les deux rives, dans un bruit de sirène. Nous étions plusieurs centaines, sur les berges, à les regarder faire.

Il y avait des fourgons de police, des ambulances aussi, pour venir les attendre.

*

La médecine légale essaya de faire parler les défunts. Ils se turent.

On ne savait pas d'où ils venaient, bien sûr.

C'étaient des morts frais, aux visages paisibles, à la beauté gisante, intacte. Des morts inconnus sans existence préalable, sans identité ; sans nom ; sans famille pour réclamer les corps ; sans papiers ni titres de séjour, en règle ou caduques ; sans putréfaction, travail de la charogne. Sans deuil ni pleurs, non plus.

Une semaine après :

Les morts étaient des centaines à flotter, à chaque aube. Nous sommes doués pour mentir, d'ordinaire, mais là, c'était irréfutable.

Je me souviens, quand les autorités de la ville se rassemblèrent au monument pour le 11 Novembre, devant une assistance plus nombreuse que d'ordinaire, quand l'harmonie municipale lança la sonnerie, « aux morts », caisse claire, moi, mue par l'appel, je me tournai vers notre large et les comptai – ce jour-là, à onze heures, on n'avait pas fini la collecte : des morts anonymes, à la dérive, pour rien, il en restait une centaine sur le lac, d'une patience d'huile.

Chômage

« Pêche interdite. »

Je n'avais plus de pacages, de travail, de revenus. Désœuvrée, j'errais.

Je passais mes journées sur les berges, à attendre.

Cette inaction, épuisante, vide, me préparait à toi, comme une glaise, mais je l'ignorais.

Au café, je comptais les pièces dans ma poche avant de passer commande.

De lourds hélicoptères vinrent baratter le ciel et faire comme un vent d'hommes.

Ils chassaient l'eau en cercle ; l'onde se répercutait, en cercles excentriques, loin, loin, brisée seulement par les rives, sur la baignoire du lac, comme dans un bidet.

Ce hachement de pales est le chant de la guerre, chant connu.

Walkyries. Sondes, embarcations, laboratoires flottants, drones, submersibles, caméras sous-lacustres, grues, radars, sonars, hélicoptères, camions, véhicules, toute la batterie...

Gyrophares jours et nuits. Autorités scientifiques, policières, militaires.

Hommes en blouses blanches, hommes en treillis, en uniformes sombres, en tenues de plongée ; hommes cachés derrière leurs lunettes ; hommes affairés à leurs communications, vitales à l'arrière ; hommes costumés donnant des points de presse, occupant les locaux publics, les *lounges* des *resorts*, les étages réquisitionnés de l'hôpital proche, le palais des Congrès, les salles de séminaires de la station thermale.

Ils cherchaient un gisement, un réservoir, un cimetière en fuite.

Une explication.

Ils cherchaient d'où les morts s'évadaient, bordel !

*

Derrière eux vinrent des journalistes pour filmer tout ça. Des touristes avec les mêmes appétits pour flairer le cadavre. Ils tendaient leurs portables quand on ramenait les corps. Une forêt de bras, de caméras humaines. Les morts, sur les écrans, cessaient d'être saisissants.

*

D'ordinaire novembre est la morte saison.

On remit à plus tard les travaux d'entretien dans les quelques hôtels.

Les cabaretiers, débitants, marchands de souvenirs, de textiles, de nourritures terrestres revinrent précipitamment de leurs congés annuels pour profiter de l'occasion. Larrons, mauvais larrons (seul Luc en compte un bon, dit Vladimir à Estragon).

Curieux, plumitifs louaient des fauteuils pliants, s'installaient sur les rives, armés de jumelles de location. Quand le brouillard parfois s'accrochait au flanc de la montagne, et planait sur les eaux, il masquait le spectacle. Les spectateurs, sur les berges, pestaient, et allaient consommer, avant de revenir vers onze, quinze et dix-huit heures, pour les déchargements des cadavres du jour.

Puis les gens se lassaient.

Ils restaient deux ou trois jours ici, et ils avaient compris.

Pas nous. Nous, nous étions du lieu. Amarrés.

Et les morts non plus ne se lassaient pas. Sans cesse plus nombreux, ils perçaient l'eau comme les bubons d'une peste.

On ne les emmena plus aux morgues, pour enquête.
On ne les congela plus.
Nous ne vînmes plus les voir.

Bientôt, ceux qui les collecteraient ne respecteraient plus rien : ils les charrieraient comme le varech ; les pousseraient jusqu'aux rives, avec des grands filets, des gaffes, des pics ; puis ils les chargeraient, à la fourche, les pousseraient, à la pelleteuse, au bull, jusqu'aux fosses et aux crémations.

Ils auraient cessé d'être des corps humains, ou même des questions en attente de réponses. Ils seraient de la viande, inerte, odorante ; à chauler, à inhumer, à piétiner d'urgence.

En ville, on commença de placarder aux murs, aux vitrines des marchands, aux vitres des cafés, l'annonce pour la prime.

Leurs vedettes de police n'y suffisaient plus. On recrutait ceux qui étaient prêts à écumer le lac pour ramasser les morts.

Baiser

Vint ce moment de gêne où, dans les romans russes, les jeunes filles pensent à se louer – se vendre, dit-on à tort. (En fait, une location : une passe ; puis une autre.) C'est le moins coûteux, pensent-elles. Juste des queues, des véroles et des semences, à faire passer entre les cuisses, les reins, fugacement ; dans la bouche ; aller-retour, question de lubrifiant, de latex, et d'alcool après coup.

Rien d'irrévocable, pensent-elles.

Pas un kopeck russe dans ma poche. Ni franco-suisse.

Mon héritage avait payé les obsèques, j'avais dilapidé le reste dans mes premiers mois, malhabiles, de pêche.

Ce moment où tu gardes la moitié du pain du jour, en prévision du lendemain…

Où tu songes qu'il faudra choisir, sous peu : vendre la maison de ton père, ou la barque, ton outil. Les deux, éventuellement, si les choses durent, empirent…

*

Mon père n'aurait pas voulu que nous touchions cette prime des morts, sa barque et moi...
Les circonstances choisirent. Pour moi.

Un soir, début décembre, deux anciens condisciples, Jérémie et Kylian, ce dernier accompagné de son frère, vinrent me trouver à ma table. Ils me proposèrent de louer ma barque pour aller, à ma place, écumer les morts frais.
Je fus dure en affaire, avançai un prix indécent.
La prime l'était bien davantage.
Nous tombâmes d'accord.

Mon père m'avait appris qu'une paie se mérite. Mon père se trompait. Ce qui compte, c'est le capital initial, hérité, et les *opportunités* qu'il offre.

Le premier matin, je leur prêtai l'embarcation. Investissement. Capital-risqueur. Ils s'acquittèrent de la location le soir-même ; pour la journée et pour le lendemain.

*

Chaque jour, je pris l'habitude de venir au ponton, vers onze heures, quinze heures et au couchant – quand ils déchargeaient leur cargaison de morts.

J'amarrais ma barque au port.

On les payait en billets du gouvernement – dix euros par corps, cent corps par jour, en moyenne, moyenne basse – et un peu de la prime allait dans mes poches. Les affaires tournaient.

*

Après leur journée, nous allions boire un verre au café des hommes.

La nuit tombait tôt.

Plusieurs fois, Kevin, le frère de Kylian, resta, après les autres. Il avait des bras durs, lui aussi, comme les deux de chez Baud BTP, avec des tendons nerveux qui jouaient sous la peau ; un visage d'ouvrier, buté, cheveux très courts.

Il travaillait ordinairement en manœuvre, tout l'hiver, dans le Sud. Il était revenu pour la prime.

Ses yeux gris furetaient ; ils cherchaient mon corps sous mes vêtements.

*

L'alcool facilitait nos sourires voraces, ridait nos yeux.

Nous nous flairions.

Je souriais, de l'impatience que je sentais monter dans ses façons, comme une sève. J'étais à cet âge où se confondent l'amour, la hâte, la convoitise.

Il devint explicite.
« Tu me plais. » « J'ai envie de toi. »

Je ne me souviens pas avoir différé, lui avoir dit non – j'éprouvais, au fond, une curiosité, le sentiment d'inéluctable, et de l'excitation.

Je me souviens du soir où il m'emmena chez lui, dans le mobil-home qu'il louait.

Je revois une chambre étroite, caravane ; du désordre mais moins que ce que j'en attendais. Il se dévêtit sans me déshabiller, je me dévêtis pendant qu'il me regardait.

Il lubrifia, me fit mouiller, me prit.

Au moment du coït, j'éprouvais quelque chose d'infiniment brutal, et plein, sa queue en moi. Une satisfaction d'un instant, une minute, dix, qu'importe – bien trop courte. Si brève. Presque grotesque.

« Comme ils sont courts... »

J'eus envie de rire, du va-et-vient. Je ne le fis pas, mais ça ne m'a pas quittée – cette envie de rire, irrépressible, impérieuse, quand je regarde les hommes. « Courts. »

Toi, tu étais là, et je ne le savais pas.
Assis, déjà. Là-haut. Dans tes ruines. À ton feu.
À regarder les barques.
Toi, tu ne m'attendais pas.

J'eusse aimé n'être qu'à toi,
Ne jamais rien connaître, avant toi, après toi,
J'eusse voulu que tu sois le premier car le seul.
J'eusse.

Insuffisant bien sûr, comme les autres,
Si court.
Car tu ne suffis pas toi non plus.
Mais tu combles.

Et après toi, je ne crois plus au désir insatiable.

Ézéchiel attendait sur le tertre.
Je l'ignorais.

J'avais pris l'habitude de rejoindre Kevin, chaque soir, dans le mobil-home, une heure après les verres au café. Il ne voulait pas que son frère ou la ville sachent, pour nous. Moi non plus.

J'empruntais mon vélo, un vieux clou, roulais jusqu'au camping. Parfois, j'avais bu, et le vélo oscillait un peu, sur la route luisante de pluie.

J'accrochais mon blouson dégouttant à une patère, en entrant. Il était presque nu, déjà. Nous allions dans la chambre. Il quittait son caleçon.

Je me déshabillais sous ses yeux, sans un mot.

Il me prenait, croyait-il. Croyais-je. (C'est ce que je lui disais : « Vas-y. Prends-moi. ») Parfois deux fois, trois fois de suite. Impossible à combler, pour le manque insatiable, vertigineux.

Nous parlions peu, après, de quoi aurions-nous parlé ?

*

Plusieurs fois, il me fit jouir tout de même. Une fois à en hurler : je hurlai. On entendit mes cris, sans doute, très au-delà des murs du bungalow.

Le plus souvent, cependant, c'étaient des soupirs, des mots incohérents (« viens », « non »), deux respirations qui se précipitent.

Je voyais comme mes doigts courant sur sa queue la faisaient vibrer. Grandir. Durcir. Sextoy.

Le latex de ses capotes suggérait plutôt une viande sous cellophane, qu'on achète en supermarché.

J'étais trop consciente des termes du « partenariat », cette transaction : emplis-moi, je t'en prie, Kevin. Je caresse ta queue, pour qu'elle puisse m'emplir. Si je la fais grandir, durcir, c'est que j'ai envie d'elle, en moi. Pour moi. De l'avaler. Pour qu'elle me traverse, remplisse quelques instants, trop courts, tout le vide.

Viens sur moi. Fais la bête.

Frotte-moi de tes humeurs. Touche mon clito. Mes seins. Mes lèvres.

Je touche ce que tu veux en retour.

Faisons vite. Comblons-nous. Satisfaction et consentement mutuels.

Prenons, prêtons, achetons.

*

Chaque soir, je me rhabillais, quittais le mobil-home, retournais au débarcadère, en longeant la nationale. Parfois, je poussais la bicyclette à côté de moi.

J'avais sur ma peau, dans le froid, son odeur. Sur ma langue, celle du sexe. Dans ma poche les billets craquants, compromettants, de la location du jour.

Parfois, je me figurais que Kevin me louait, comme ils louaient la barque.

Ce n'était pas la question. Ça ne réglait rien. Juste une affaire de doigté, de tissus caverneux, de nerfs et de fluides.

Je montais sur ma barque amarrée à son anneau. La brume trempée s'installait sur la nuit.

Équilibre instable quelques secondes, debout, entre les deux bancs de nage. Puis l'embarcation retrouvait une stabilité, et assise, dans l'obscurité, j'écoutais les vaguelettes se cassant sur la lisse.

En rentrant, je prenais une douche, longue, chaude. Corps nu. Jambes lourdes.

Je présentais mon dos, mes cheveux, puis mon visage au jet. Longtemps. L'eau coulait en pluie sur mon front, mes joues, mes yeux fermés ; bouche ouverte comme une noyée ; je pouvais ignorer si je versais des larmes.

L'eau lavait tout, seins, ventre, fesses, dans la fumée de vapeur de la cabine fermée.

Un de ces soirs-là, vers la mi-décembre, au café, avant que je rejoigne Kevin au mobil-home, Paul me parla du Fils.

Le Fils de l'Ogre.

(Paul, c'est le bistrotier.)

*

J'avais déjà entendu une rumeur, une ou deux fois, à ton propos, dans les semaines précédentes. Rumeur d'un Fils venu s'installer dans le palais d'un Père, d'un Nègre dont la peau sombre annonçait le malheur

— comme une baleine blanche ?

Tu étais arrivé, prétendait-on, quelques jours seulement avant les morts. Le jour même, peut-être, on ne savait plus. (Une merveille ne vient jamais seule, des signes l'accompagnent.) On avait vu tes feux jeter sur le palais leurs ombres et leurs éclats depuis un mois au moins. De loin, en te regardant dans les optiques de jumelles, avait-on deviné dans tes yeux une dangereuse lueur, la folie ? Étrangement inquiet, et coupable, s'était-on endormi à des heures tardives ? Sans doute.

Sans doute dans leurs cauchemars, le Fils reprenait tout : il cognait à leur porte et il récupérait, sans un mot, les avoirs de son père. Le butin.

Sans doute, cela veut dire que je n'en savais rien.

*

Paul confirma : ceux qui vivaient là-haut étaient venus à plusieurs, un matin, chasser le vagabond qui habitait la carcasse désossée du palais. Ils avaient vu ta silhouette, de loin, et ta stature, ta peau ; ils avaient compris qui tu étais. (Tu ressemblais à ton père comme le fils d'un démon.) Alors, ils s'étaient enfuis.

Toi,
Ma Baleine blanche,
mon sauvage, mon voyage,
ma chasse et mon harpon.
Mes îles.
Toi, je t'attendais
Sans le savoir
Tant rien ne prépare rien
Tout s'accueille, qui compte,
Se recueille, se cueille
Puis se déploie.

*

Notre enfant,
L'attends-tu ?

NOS MONOLOGUES

Rosebud

On raconte une histoire vraie :

Sur nos hauteurs, à mille mètres d'altitude, un roi nègre avait édifié autrefois son Xanadu ; en face de la Suisse (banques), à l'abri de la France (réseaux).

Il venait y prendre les eaux, l'été, avec sa suite, ses quartiers, ses concubines, ses escortes, sa domesticité. Faisait restaurer tout le palais – ses robinetteries d'or, ses salles de bains de marbre, ses jardins délicats, ses volières d'oiseaux, son zoo ambulant –, annuellement. Embauchait durant un mois tout ce que la vallée comptait d'hommes, de femmes disponibles, à prix d'or, des bonnes, des gouvernantes, des cuisiniers, des jardiniers, des boys.

Quand le roi nègre chuta – dans une guerre domestique ou un coup d'État, je ne me souviens pas –, il se réfugia avec son pécule dans les sables saoudiens, pour cuver sa défaite. Déchu. Condamné par des tribunaux qui n'avaient pas eu l'audace formidable de se prononcer contre lui du temps où...

Alors, tous ceux qui, chez nous, avaient vécu sur la bête vinrent piller sa maison. Ceux qu'il avait payés rubis sur l'ongle, d'abord. Puis les autres, tous les autres. Les habitants de la vallée.

Ils montèrent la nuit, s'introduisirent dans le palais, rangèrent en épi des camions, des camionnettes, des carrioles, des remorques attelées à leurs autos devant le haut portail, pour les remplir. Ils dépecèrent les restes et emportèrent tout dans leurs propres maisons.

Ce soir-là, fiévreuse, après avoir parlé avec Paul, je ne rejoignis pas Kevin au mobil-home.

Seule, dans la maison du père, je lus sur Internet tout ce qu'il y avait à lire à propos du roi nègre.

Ses meurtres,

Ses folies,

Ses cruautés.

Je regardai l'écran, le visage de l'Ogre.

Je repensais aux mots de Paul : le Fils.

Je pressentais, bien sûr. Inutile de le nier.

*

Le lendemain, je montai voir, par curiosité, prescience, ou peut-être sans aucune raison, simplement parce que les poissons vont aux nasses, les moutons aux tondeurs ; et les jeunes filles d'elles-mêmes, ingénues, au château de Barbe-Bleue.

*

Fumée dans l'air froid, mon souffle.
Sueur malgré l'hiver, sous mes vêtements doublés.

*

L'allée menant au palais était hautaine, nouveau riche – platanes centenaires amenés par des grues, hautes grilles noires, dorées.
Les graviers étaient depuis longtemps rendus aux ronces.

J'hésitai un instant, puis j'escaladai le portail.
Je l'avais fait, enfant, pour jouer, solitaire, dans la carcasse vide, pleine des histoires du père.
Quand je me rétablis pour retomber, de l'autre côté, tu étais là.
Ézéchiel.

L'Ogre... Je n'avais pas prévu qu'il existe vraiment.

*

Comme tu ressemblais aux images de ton père : immense, géant, des mains d'étrangleur et un visage d'enfant. Juvénile. Crâne rasé. Peau lisse, noire. Nez épaté, yeux blancs et ronds, ceux d'un enfant roulant sous la surprise ; lèvres sensuelles.

— Qui es-tu ?
— Ismaëlle.
— Tu viens pour piller ?

Je regardais tes lèvres. Tout était une menace, en toi, sauf tes lèvres – et plus tard tes mots.

Bouche d'or. Chrysostome.

Je t'aurais appelé Chrysostome, si tu avais pu retourner dans le ventre de ta mère – tes yeux écarquillés regardant à travers le liquide troublé, la peau rouge, les veines de ta mère –, pour un nouveau baptême. Mais je dois être folle.

— Ismaëlle, dis-tu. Ismaëlle… Il n'y a plus rien à piller, dans ce palais. Tu arrives trop tard.

Je m'enfuis.

Barbe-Bleue

« Ismaëlle », as-tu dit.

Ta peau si blanche qu'on en voit les veines, bleues.

Tes cheveux de paille blonde, presque brûlée, fin d'août.

Le lac de mon enfance, quelquefois, avait cette couleur, vert presque d'amande mais qu'on aurait mondée en la jetant dans l'eau ; et tes yeux, ce matin, ont la même.

« Ismaëlle, Ismaëlle... »

Vert d'eau gelée. Je répète ton prénom.

*

Ézéchiel. Fils de l'Ogre. Je lui ressemble, dis-tu ? Je sais.

J'entends son rire sanglant.

Il avait ce visage étrange, presque poupin, et l'uniforme grotesque de maréchal d'Empire. J'ai sa stature, géant, j'ai la technique, la vitesse, pour lancer mes poings, au visage, au foie. Mes mains sont des marteaux.

L'Ogre. L'Ogre mangeait les siens.

Il servait parfois ses ministres à ses hôtes, diplomates, en tranches d'hommes roussies, dressées. Sous les sauces. C'est vrai. Exact. J'ai goûté cette cuisine. C'était une manière de gouvernement, étrange, mais la sienne.

Le sang coulait. Il riait. Aux éclats. Du rouge sur son menton, du jus plein le menton, luisant, et plein les mains. Et il applaudissait. Encore, encore, encore...

Je suis un de ses fils sorti de vos cauchemars.

J'ai l'air d'un géant, et la peau de sa nuit, ses membres démesurés, trop grands, pour saisir, ne plus jamais lâcher. Prendre et posséder.

Venais-tu te servir, toi aussi, Ismaëlle ? Dans ce palais ?

Je l'occupe trop tard. Les premiers d'entre vous ont dû voler les ors, les tapis et les lustres, les meubles les plus lourds. Puis, les autres sont venus ronger les os, mâcher les cartilages. Arracher les lambris, les planchers de bois précieux, les marbres. Même les faïences des chiottes.

Murs nus. Sols nus.

Les derniers arrivés ont emporté les fenêtres, afin de ne pas avoir fait l'expédition pour rien. Palais des courants d'air.

*

Le soir tombe.
Je pense un peu à toi.
Je dépose des branches plus épaisses, des bûches sur le feu.

Sur la rive du lac Wannsee, autre fosse, autre ciel ouvert, des hommes ont écrit comment poser les hommes, en couches, horizontales, et où mettre le bois ; comment utiliser la graisse humaine comme combustible. Stücke, *pièces d'hommes. J'ai vu les ballons d'eau qu'ils installèrent, pour que leurs douches soient chaudes, au-dessus des crématoires.*
J'y songe à chaque feu.
C'étaient vos pères.
Vous, vous n'avez pas tué.
Vous n'avez pas brûlé des victimes, collecté des dents, entassé les cheveux, les bagages.
Vous avez eu seulement la veulerie de pénétrer de nuit dans le palais d'un Ogre, et d'y voler les tapis, d'y déclouer les planchers, pour emplir vos maisons.
Innocents ?

Vous rouliez dans vos camionnettes, phares éteints. Vous aviez emmené vos fils les plus âgés. Vous avez déchargé vos prises entre voisins, étendu les kilims sur vos sols, vissé les marbres sur vos murs... Vous souriiez, repus, regrettant seulement que d'autres soient venus avant vous.

Innocents, vraiment ?

Âmes sans honte.

*

Toi, tu n'es pas comme eux, Ismaëlle. N'est-ce pas ?

Les clartés de mon feu, les ombres de la nuit.

Je m'enroule dans une couverture de laine, et je nettoie mon arme. Le vent fait bruisser les branches. Des animaux nocturnes crient, moins grinçants que les hyènes, petits rapaces de basse fauconnerie, charognards d'occasion.

Greed... Greed...

Cupidité dévorante, convoitise. J'aime votre langue, mais elle n'a pas ce mot que nous ont laissé nos colonisateurs. Ce mot de rapaces qu'ils ont enseigné à mon père dans leurs écoles, quand ils en faisaient un parachutiste pour leurs guerres coloniales.

Greed, *le ventre du mot s'allonge et enfle entre les dents ; le mot nous habite tous.*

Le jour se lève.

Du plateau, en surplomb, j'attends. Assis sur l'herbe-givre – au-dessus de vos œuvres.

Je vous toise. Je regarde les zébrures des barques et des vedettes, sur le lac. Le jeu des courants, les mornes plaques huileuses qui regroupent les morts à la dérive. Chaque vedette laisse un sillon, une cicatrice, quelques heures, pour qui sait regarder. Le miroir semble une peau, alanguie, une longue peau étendue, couleurs métalliques, tendue comme un tambour, palpitante parfois.

*

Jour froid. Le brouillard, par lambeaux, s'accroche à la montagne.

Alors, il fait songer à la brume matinale, et aux fumées, aux cendres, sur les mille collines.

Dans la guerre, dans l'ivresse de la vengeance, nous marchions par pelotons.

Moi j'étais presque un homme, treize ans, l'arme au poing. Nous : groupes d'hommes égarés, sur la terre argileuse des animaux humains. Quand nous trouvions un vivant, un tueur ethnique, femme, vieillard, enfant, homme, nous le tuions d'une balle dans le visage.

Il y avait des feux, des centaines, partout, sur chaque colline, où brûlaient les affaires. Les bourreaux, en fuyant, n'avaient pu emporter leur butin, leurs dépouilles – les effets des victimes et les corps suppliciés. Nous arrivions trop vite.

Dans chaque endroit, leurs feux dispersés fumaient encore, plusieurs jours après. Parfois une des victimes avait été abandonnée dans les cendres.

La brume et les feux avaient volé nos sens, la raison. Il restait la folie.

Il n'y a pas à penser si nous avons bien fait. Nous ne pouvions que tuer en retour.

Celui qui tient encore la machette, même s'il tombe à genoux pour demander pardon, le mot sèche dans sa bouche de l'avoir ignoré.

*

Vas-tu revenir ?
Vais-je aller te chercher, Ismaëlle ?
Je sais très bien traquer. Mais toi, te trouverai-je ?

Héritage de nos pères

Sentis-je que tu viendrais ? En fus-je effrayée ?

Les enfants du malheur, dit-on, se reconnaissent. Et les enfants sans père ? Ceux qui ont tué leur mère, pour sortir de son ventre, s'en arracher ?

*

Pendant les deux jours suivants, je n'allais pas au ponton, ni à la caravane – au rut. C'était fini, le temps du divertissement. J'allais jouer ma peau. Je le devinais.

Je ne pensais qu'à toi, Ézéchiel. J'imaginais la suite.

À cause de la peur que tu m'avais faite ? De tes lèvres ?

Parce qu'on sait tous qu'il faut que ça finisse comme ça, au fond ? Par un sacrifice, une dévoration ?

*

Ézéchiel…
S'il faut que je raconte comment tu me découvres
Ce que tu ouvres en moi,
Dévoiles, scelles,
Ce que tu révèles, que tu exacerbes,
Il faut que tu redeviennes l'étranger, quelques pages.

Je parlerai de toi
À la troisième personne
Celle des inconnus.

Votre lac.

Vos voiles ont disparu avec les premiers morts. Vous n'osez naviguer en heurtant des cadavres. Vous craignez pour vos coques, ou vos yeux, ou vos âmes ? Sur le port, à l'embarcadère, vos barques s'apprêtent à partir, collecter, puis brûler.

Les lacs de mon enfance n'avaient plus rien, eux, à leur surface ; peau ni chair ni frissons ; même plus de surface pour les retenir. La pluie et l'eau du lac dialoguaient, se confondaient. Même le ciel se teintait, sali, de traînées verdâtres, marécageuses, que semblait laisser chaque mouvement derrière soi. La vase montait vers Dieu.

Fosses à ciel ouvert, ils étaient pleins de morts qui flottaient, de sauriens.

*

Quand, assis sur le plateau, je regardais le lac, elles ne me manquaient pas, vos voiles. Elles étaient molles ; blanches, et molles. Comme vos femmes. Nos femmes, elles, me manquent.

Mes femmes fermes. Jeunes filles. Filles des concubines ou des servantes, des courtisanes, chairs noires, peaux au goût presque bleu, violace ; des parfums de gibier, ou d'une mouture brune de grain brûlé, aux reflets de moka, Éthiopie et Yémen. Leurs ventres et leurs bras et leurs cuisses. Dures, dures comme des pointes durcies longtemps au feu.

Cela fait si longtemps.

Ces femmes d'adolescence, leurs pointes durcies au feu – deux seins –, le moka sur leurs ventres...

Les soldats les ont tuées. Dans l'ivresse du châtiment contre les tueurs ethniques, j'ai vu cette saison-là mes frères d'armes les prendre : les femmes, les jeunes filles, ils les ont possédées. Prises de guerre. Par vengeance – et leurs rires ressemblaient au rire de mon père.

Moi, j'étais avec eux – je gardais leurs manteaux, pendant qu'ils les prenaient.

*

Et là, je viens vers toi. Ismaëlle. Et j'en tremble.

Or donc :

On frappa à ma porte, le troisième jour. Je faisais du café – lassitude, solitude, habitude des gestes. L'eau qui chante. La mouture. Le poêle à bois réchauffe lentement la maison. On se frappe les épaules, bras croisés. L'air fume.

Quand j'ouvris, je sursautai.

Sa silhouette de démon, de Grand Diable, s'encadrait dans la porte. Noir.

— Ismaëlle... Ils m'ont dit que je te trouverais là, si tu n'étais pas au café, ni au ponton.

— Oui...

Vapeur de son haleine.

— C'est ta maison ? Ou celle de ton père ?

— Il est mort.

— La barque était à lui ?

— Oui.

La douceur de sa voix.

— Ils m'ont dit que tu pêchais.

— Qui ?

— Qu'importe. Tu pêches donc ?

— Oui. C'est mon héritage.

Je m'écartai. Il entra. Il avait à la main un sac de lycra, noir et blanc, un de ces sacs de sport qu'on emporte au gymnase. Il le posa sur la table, l'ouvrit :

Banknotes. Euros. Dollars. Effigies. Liasses craquantes. Neuves. Cerclées de papier kraft. Impressions d'un butin, d'un vol.

— J'ai besoin d'un pêcheur.

— Je loue déjà ma barque.

— Le bateau, je l'achèterai plus tard. Cet argent, c'est pour toi. Ton salaire. Pour m'attendre.

— La pêche est interdite.

— Je ne te parle pas de pêcher… Je te parle d'attendre… Pour venir avec moi, sur mon bateau, quand nous irons tuer la Bête.

— La Bête ?

— Oui.

— Je ne veux pas de ton argent. Pas à vendre.

— J'en ai autant que je veux. D'un claquement de doigts, à cause de ma stature. Mon père.

— Je n'en veux pas.

— Tu venais pour piller, hier…

— Non, pas pour ça…

… Je venais pour te voir.

— Tu me vois. Viendras-tu tuer la baleine blanche, Ismaëlle ? Avec moi ?

— Dans le lac ?

— Oui.

— Qui est-ce ?

— Une Bête. Mammon. Si je te la montrais, voudrais-tu la pêcher ?

— Qui est-elle ?

— Tu verras. Tu viendras ?

— Reprends ton argent. Je ne suis pas à vendre.

— Tu dis oui ? Tu viendras ? Veux-tu voir comment je le paierai, le *Pequod* ?

Peut-être dis-je oui pour éteindre ses questions.
Peut-être dis-je oui pour le suivre.
Parce que je les savais déjà. Les réponses. La réponse.

Il reprit son sac. Nous sortîmes dans le froid. Il acheta une voiture, au concessionnaire de la rive, avec son sac de liasses – mon salaire.

Route. Fenêtres ouvertes.

Vent d'air glacial qui s'engouffre, circule. Il se tait. Nous devrions crier pour nous entendre.

Route traversant les villes. Les hangars et les stocks des zones commerciales, pleins d'objets ras la gueule. Les champs morts de l'hiver. Route passant la frontière. Route retrouvant le lac. Le jet d'eau. Genève.

— La vase... Elle est trop pleine. Elle déborde de leurs coffres.

— Les corps viennent de leurs coffres ?

— Oui. Ils fuient.

(Je ne sus que plus tard qui fuyait – des prisons ou des morts...)

— Tu savais, pour les morts ? Qu'ils flotteraient ?

— Oui. Je les attendais. Eux, et Mammon.

Genève : capitale du secret, du mensonge. Il se gare, à deux ruelles de la banque. Cathédrale de finances, banque suisse, vaste bâtisse en verre, en acier, d'apparence légère.

Le cœur de la guerre, sans aucun sac de sable à l'entrée, sans nid de mitrailleuses.

Sur la foi de sa stature, de son nom, on lui donne tous les biens que l'Ogre possédait.

Dans cette banque. Ce marbre. Ce verre. Les péchés de son père, et lui, Ézéchiel : ce jeune homme riche.

Des liasses de vieux francs, d'euros et de dollars. Des lingots. Nous emplissons trois valises, achetées à côté. Une impression de farce. Je ne peux m'empêcher de rire. Aux larmes. Aux éclats. À en battre les mains, car je suis une enfant.

*

Nous revenons. Chez lui. Devant la grille haute, qui mène à l'allée de platanes et de ronces, il stoppe la voiture. Ouvre le coffre. S'engage dans l'allée, une valise au bout de chaque bras. Je traîne la troisième.

Le gravier sous nos pas, sous les roulettes de ma valise.

Il se retourne, dit, en retroussant les lèvres :

— J'ai faim.

Je frémis.

*

Nous entrons chez lui. J'attends la suite.

Je suppose, je crois, qu'il va me prendre, moi. Maintenant. Sur-le-champ. Le sol. Me prendre et me dévorer, dans cette salle, la plus grande du palais, immense, pillée jusqu'à la moelle. Lambris. Parquets. Encadrements des fenêtres. Rien, plus rien qu'une ossature, béton nu.

J'ai peur, je crois.

— Argent. Argent sale mais blanchi, dit-il.

Il s'accroupit, dispose des branches en fagots, allume un feu, avec quelques liasses.

— Sens-tu l'odeur du sang, sur ces billets, Ismaëlle ? La sens-tu ? Elle plane, elle est âcre…

Banknotes verts.

Je vois les couleurs, filigranes, s'assombrir, puis les couleurs virent. Elles blanchissent, pâlissent, s'effacent. Elles deviennent le feu. Éclatantes.

— Tu n'imagines pas comme ils ont peur, et honte. Ils me donneraient n'importe quoi pour que je leur reprenne tout. Pour les soulager des péchés de mon père.

— Et toi, tu viens pour ça ? Tout leur reprendre ?

— Non. Je suis venu pour les morts. Et la Bête.

— Tu savais qu'ils remonteraient ?

— Bien sûr, ils remontent toujours. Sais-tu à qui appartenait cet or, rouge, rouge ?

J'opine de la tête, très vite.

— Non, tu ne sais pas. Écoute...

— Quand j'étais un enfant, les mille collines versaient des hommes en pâture aux lacs. Les lions hantaient les berges pour y manger les restes ; les lions, les crocodiles, c'est tout ce qui restait de notre humanité.

Crocodiles, crocodiles, vous ne suffisiez plus à happer les charognes qui flottaient en surface.

— J'ai vu les morts flotter sur le ventre plusieurs jours, au lac Victoria. Et aussi au Kivu. Et au lac Kyoga et au lac Albert. Et au Tanganyika et au lac Édouard. Le sang avait coulé de leurs plaies, zébrures blanches. Il formait une vase au fond du grand trou d'eau. Pâture sans pasteurs des animaux lacustres, gros et petits sauriens, poissons, anguilles, serpents ; grouillements. Pâture sans les pâtres. Les pâtres étaient morts, les semeurs les avaient pris et coupés, et jetés dans le lac. La peau avait crevé, zébrée à la machette. La peau semble toujours sur le point de céder, sur les lacs.

Crocodiles...

— Mon père jetait au lac des vivants et des morts. Il posait son trône à quelques mètres de la rive, il jouissait du spectacle. Ses sauriens attendaient, à trois mètres, gueules ouvertes, gueules posées sur l'eau. Les Nègres jetés vivants nageaient quelques instants. Ils se débattaient, pour tenter de s'enfuir. Sous mes yeux, sous leurs dents. Les crocodiles les happaient dans le bouillonnement, leurs cris, l'écume rouge. Puis, les crocodiles faisaient sauter et danser la viande d'homme dans leur gorge, plusieurs fois, ils plaçaient bien leur cou pour avaler d'un coup, sans mâcher.

Les longs bras maigres, le bouillonnement rouge, le ventre des sauriens, clair, jaune, palpitant en écailles. Les lambeaux de leur viande étaient comme des tissus. Et au-dessus des cris et des dents qui claquaient, le rire de mon père assis sur son trône, sa main dans mes cheveux.

— Il n'y avait plus de peau, sur le lac ; plus de surface ; il n'y avait qu'une fosse, tout le lac Victoria empli d'une vase de sang. Et mon père riait, « haw haw haw », sa main dans mes cheveux, son rire sur leurs cris – son rire dans mes cheveux.

*

Les branches craquent dans les flammes.

— C'est cela qu'ils blanchissent dans leurs coffres, Ismaëlle. Ils brassent et rebrassent les *banknotes* de mon père, pour qu'ils n'aient plus d'odeur.

Il jette une poignée de billets dans le feu. L'or rouge… Il me semble sentir un effluve fade, dans la fumée.

— Quel âge as-tu, Ézéchiel ?

— Dix-neuf ans. Mais j'ai vu tellement.

Il se détourne.

— Maintenant, va-t'en, Ismaëlle. Avant que la nuit tombe.

Je me lève.

— Tu… Tu ne veux pas de moi ?

— Non.

Un sourire.

— Tu n'es pas à vendre.

La voix sombre.

— Et moi, la nuit, je suis comme lui, un Ogre…

*

Il me raccompagne. À la grille :

— Reviendras-tu demain, Ismaëlle ?

Inventaires

Maintenant, tu es là, Ismaëlle.

Je les ai vues mourir, les femmes de ma jeunesse. Et toi, tu leur ressembles comme une apparition.

Vers toi et contre toi, toi seule, je désire. Mais qui m'en gardera ?

*

Je répète ton prénom qui m'effraie.

— Ismaëlle...

Tu riais dans la banque, au nez de l'employé. Devant sa servilité, façon de se courber.

Les entends-tu, les bruits, fourmillements des claviers ? Ismaëlle ?

Vois-tu les lueurs verdâtres dans leurs salles de banques ?

*

Ils enterrent leurs coffres à même l'eau dormante, tout le long de la rive. Comme ils bâtissent des murs. Jusqu'à quelle profondeur descendent les coffres-forts ? Romands, alémaniques, vaudois… Vos banquiers, sur les rives, inhument leurs trésors, toujours plus profond ; des sépulcres blanchis.

« Leur reprendre ? » demandes-tu.

Je les ai soulagés de leur plus lourd secret…

Ils pensent le reste propre.

Chaque banque a un monstre, chaque banque garde l'argent qui lui semble le plus sale dans un coffre, fermé. Et par cette honte-là, tout le reste est blanchi.

Vous en riiez, à l'époque, de ses manières d'empereur – son costume trop lourd de toutes ses médailles sous la toque léopard, et tout l'or du pays… Tout l'or, le minerai, tout le sous-sol, l'argent. Tout est ici, dans vos coffres. Tout. Chez vous.

Vous blanchissiez les liasses.

Vos ors sont si rouges, vous lavez, relavez, comme des orpailleurs. Vous brassez, fouissez. Vous lessivez le sang. L'argent va. D'un coffre à l'autre. Vos ordres le retirent, le reprennent. Vous espérez qu'ainsi l'or perdra sa couleur. Il deviendra livide.

Des éclats verdâtres, digitaux, illuminent vos visages, dans l'obscur silence de vos salles de change. Vos bourses les remuent, ces montagnes de fric.

Comme le tambour d'une blanchisserie.

Elles n'ont plus d'odeur ? Vraiment ?

Couches de fard épaisses, plâtre sur votre peau, vos mains et vos visages.

Car il y a une trace sur la pulpe de vos doigts et dans vos portefeuilles. Une mort vous suit. Greed.

J'ai vu sur les collines les tueurs se servir.

Ils paissaient le bétail de ceux qu'ils avaient tués. Coupés.

Greed.

J'ai vu mes compagnons prendre les femmes des autres, et les filles de personne, en guise de vengeance.

J'ai vu l'Ogre saigner tout son pays.

Dans les cristaux glacés, digitaux, des écrans, dans les bruissements d'insecte de vos claviers, dans les chiffres qui changent à chaque instant sur les millions de lignes de vos millions d'écrans, l'argent bouge. Il se meut, il circule.

Et je vous vois, vous : vous le jugez propre, et vous vous y vautrez, les mains d'abord, et après le corps tout entier. Vous croyez qu'il ne laisse, sur vos peaux, rien d'autre qu'une odeur d'imprimerie.

Mais le sang sent.

Le sang sent !

Dix-neuf ans, dix pays. Et l'appel des lacs, partout, est le même – appel de la fosse.

Partout, ce sont des trous, des fosses. Ceux qui vivent autour les emplissent de morts, saisis par cette fièvre ; l'eau n'est là que pour masquer le trou – faire une peau huileuse. Mais le propos du lac, c'est la fosse.

Il faut combler les fosses. Les emplir de terre, les combler, araser, sinon, elles appellent, nous emplissent, de terreur, de rage, et nos bras coupent et coupent, et coupent, et les emplissent...

Le sais-tu ? Ismaëlle ?

Je viens vers toi.

Les mains vides.

J'ai une arme de poing, un revolver d'un énorme calibre. Il a battu à ma hanche, holster, quand je faisais la guerre.

J'ai un fusil d'assaut, je ne le nettoie pas.

J'ai un couteau de chasse.

À mon poignet gauche, j'ai le bracelet d'or, le legs de ma mère. L'or rutile parfois comme un cuivre sanglant.

Ils l'ont ainsi parée au jour de ses noces, ils tenaient leurs bijoux de longtemps, du temps où les tribus emmenaient jusqu'aux côtes Zanzibar des litanies de Nègres, entravés. En échange des hommes et des femmes qu'ils prenaient en forêt, ils ont reçu de l'or... Et ils en ont paré bien plus tard ma mère.

Ma mère fragile,

attaches délicates, poignets et chevilles pesamment enchâssés (l'or blessait sa peau).

Elle s'est avancée, bruissante de métal, vers les pattes de l'Ogre – ébène, moka, or rouge.

Et il l'a prise. Possédée.

Mon Ogre, je l'ai haï pour ça dès l'âge de deux jours (j'étais un enfant mûr comme une grenade d'été). Il a baisé ma mère. Vendue des hauts plateaux, offerte en courtisance au grand chef coutumier. Enceinte de ses œuvres. Douze ans. Et moi en grandissant à l'intérieur d'elle, dans son corps enfantin point préparé encore, je l'ai brisée ; j'atrophiais, dévorais en elle ce qu'elle était, elle mourut de m'avoir.

Pour cela, j'ai haï mon père : j'ai pris sa propre place au-dedans de ma mère. Je l'ai occupée, puissance coloniale. Je suis né déjà avec toutes mes dents, comme font les crocodiles.

*

Je songe à cela quand je vois passer des femmes aux ventres ronds – des hommes à l'intérieur les rongent, et poussent du pied sur les organes vitaux ; elles les expulsent à temps.

*

Moi, qui me gardera de notre sauvagerie ?

Ce bracelet d'or, ma mère, scellé sur mon bras ?

La chair, et la peau, et les os du poignet l'emprisonnent. Il fait comme une bague qui atrophie le muscle.

Cela n'est pas un bien.

J'ai pour seuls biens mes armes.

Je vis sur ses palais, sur les comptes de mon père. Je vole ou j'achète chaque fois une voiture, lorsque j'en ai besoin. Je l'abandonne ensuite dans un de vos ravins. Je ne veux rien avoir.

J'avance sans possession, de prise en prise. Je ne possède rien. Je n'ai que mes deux bras. Les soirs, les matins, je les exerce. Bientôt, le couteau seul devrait me suffire.

*

Et maintenant, t'ai-je toi, Ismaëlle ?

Une amie, un miracle ?

Sais-tu quels risques on court ? Reviendras-tu, demain ?

Des chiens

Le lendemain matin, quand je retrouvai Kevin avec son frère et Jérémie au débarcadère, il me demanda pourquoi je n'étais pas venue, quatre soirs de suite.

Je lui dis :

— C'est fini.

Il cracha, grimaça.

— Tu as quelqu'un d'autre ?

— Oui. Peut-être. Amarrez la barque ce soir.

Ils me versèrent la location des jours précédents, et celle du jour.

*

Je quittai le débarcadère après qu'ils se furent éloignés, lui et ses complices, dans la barque du père.

Je grimpai pendant plus d'une heure.

J'aperçus de loin les fumées du feu d'Ézéchiel dans ses ruines. Sans doute fourrageait-il les braises en m'attendant. Guettait-il ? M'espérait-il ? Se tordait-il le cou jusqu'à m'apercevoir ?

Je le crois. Le devine.

Vos morts, qu'en ferez-vous ?

Là-bas, ils ont coupé, la machette tranchait. On dégage une parcelle avant de la brûler.

Les tueurs n'eurent pas le temps du brûlis, cependant. Nous venions sur leurs pas et nous avons tué les bourreaux qui restaient.

Vos bourreaux, en revanche, ont eu le temps d'étendre partout leurs barbelés – ils ont épandu les cendres comme un engrais ; les os, les cheveux, la peau, la graisse, les mots ; les kaddish ; les semelles de vent ; réduits en poussière grise, dans leurs crématoires, pour engraisser la terre.

Et aujourd'hui encore...

En guettant Ismaëlle, je vois toutes vos barques, vos caterpillars, et je sens vos fumées. Les pêcheurs de corps. Les creuseurs de fosses. Les conducteurs d'engins, les pousseurs de pelles mécaniques qui retournent les corps. Les incinérateurs. Tous les petits métiers d'après le grand massacre... Vous les dissimulez. Inhumez. Brûlez. Vous labourez la terre pour enterrer vos morts.

Nous, nous les épandions. Les morts jonchaient nos champs, nos socs les heurtaient.

Dans les rizières, ailleurs, d'autres ont repiqué le riz neuf dans les os.

Les génocides ressemblent à des actes agricoles. On laboure, on retourne, on épand – et c'est le corps humain qui nous sert d'engrais.

Il se leva à mon arrivée, me sourit.

*

Mais voilà Ismaëlle, au milieu des fumées.

*

Nous n'allâmes pas piller des banques, ce jour-là.

Au-dessus du grand lac, côte à côte, parlant peu, nous marchâmes tout le jour dans les labours ouverts – une plaie dans la terre, dure, gelée. Les sillons respiraient comme une cicatrice. Nous faisions de nos souffles une fumée dans l'air froid.

Mains dans nos poches, nos épaules se touchaient, parfois, et le froid sur ma peau rosissait mes joues, mon nez, comme une timidité.

Lui était noir d'ébène. Avait-il plus froid, d'être nègre ?

Quand je trébuchais sur un sillon, et que je m'accrochais à son bras, je le sentais broncher ; aussitôt, il remettait entre nous une distance. Quand je le frôlais, il s'écartait.

Il riait parfois, en me regardant. Je riais, de le voir rire. Nous riions, de nous voir ensemble – lui si grand, moi si maigre.

*

Le soir, je redescendis avant les deniers feux du soleil à l'ouest. La nuit tombe tôt, et vite, en décembre. Cette nuit-là, sous les draps, j'éprouvai mon désir. Je ne le satisfis pas, le contins, le différai, pendant une heure, deux peut-être.

Puis il l'emporta.

Je remontai le lendemain, le surlendemain.
Nous marchions.
Il parlait, à voix haute (à moi ?), du lac, fosse glaciaire, des fosses que nous creusions.
Il parlait aux hommes.
Il lançait ses imprécations au ciel, au lac.

*

On cesse de voir, à vingt mètres, trente coudées, Ismaëlle... À cause de la brume.

En refermant les doigts, je retiens dans ma paume un peu de cette fumée. De quels feux s'échappe-t-elle ? Qui brûle ? Où sont les feux ?

J'aime voir les fumées, colonnes grises et sales. Elles montent. Elles prient. Elles signalent un feu. Ainsi, on compte les hommes : combien de feux ? de foyers ? C'est ainsi qu'on se compte.

S'énumérer sans cesse, sans cesse, pour vérifier qu'il n'en manque aucun – la sauvagerie, les massacres n'ont pas recommencé.

J'aime les feux fragiles qui montent de vos maisons, ces fumées dispersées. Elles font autant d'offrandes et d'encens vers le ciel. Où vont-elles ? Vers où convergent-elles ? Se rejoignent-elles là-haut en un nuage de suie, quelque part, pour chauffer les pieds du dieu de la colère, les jours de colère – jours de paix ?

Où était-il quand on tuait, le dieu de la colère ?

*

L'air est plein de fumées.

Vos feux diffusent sans cesse, l'hiver ; quand je sors, c'est d'abord l'odeur d'un feu qui vient ; herbe ou bois, quoi encore, qui brûle ?

Quelque chose se consume. Quelque chose qui monte et demeure dans le crâne, une odeur qui tourne. J'aime cette odeur entêtante quand je sors. L'air sent la neige, les fumées des hommes flottent. Il reste des vivants, des foyers.

Les mouettes piochent les champs, comme feraient des vautours, des corbeaux.

*

L'homme a cru disposer d'assez de temps : ses terres labourées sont ouvertes, au soc, il aura un printemps pour les ensemencer… J'aime l'homme quand il tourne et retourne et qu'il brise les mottes

– il fera respirer la terre pendant des mois, laissera s'exhaler le soupir de la terre, sans la tasser du pied ni piétiner les morts.

Les chiens crient aux abords des fermes, ils aboient ; les lourds chiens bouviers et bergers, aux dents fortes, aux corps musculeux – rien des chiens jaunes, féraux, sauvages, au pelage mité et aux côtes apparentes des bords du Kivu.

Les chiens jaunes tournoyaient, sur les rives ; ils tournaient dans les cendres des villages, des collines ; ils arrachaient la viande au reste des corps d'hommes, anciens maîtres, déchus par la machette. Des meutes.

Ici, il y a des chiens, des vrais, des chiens resplendissants.

Les racines sont jetées sur le bord des chemins. La terre est nettoyée de ses dernières herbes. Il n'y a plus que ça, tout le reste est en meules, rentré depuis longtemps dans les granges et fenils.

La terre sent l'humus, le brûlis, l'eau noire.

Les femmes de mon adolescence sentaient la terre, ainsi, retournée, arrosée, comme une mouture de grains.

Sur le plateau, les cris des chiens partout. Les aboiements s'exhalent en fumées, en haleine givrée, de leurs gueules. Les dents retroussées, les babines de crocs, sur cette fumée de froid – il va neiger. Ici les chiens annoncent les demeures, les fermes, les hommes. Ils tournent autour, libres de gîter chez cette humanité, libres de la protéger de leurs crocs et leurs griffes.

S'ils empêchent le passage, nul ne pourra le prendre sans risquer pour sa gorge.

Ismaëlle rit de leurs cris, avec moi, contre moi.

Elle rit quand j'aboie comme eux, contre eux.

Ils sentent que je suis d'eux, que je suis l'un des leurs. Un maître parmi les chiens. Quand ils viennent me flairer, ils baissent les oreilles, puis se roulent, se livrent : poitrail et gorge offerts, la peau fragile du ventre présentée à mes dents. Je suis le roi des chiens, le chien resplendissant. Tous les bouviers, les citoyens libres du royaume des chiens me présentent l'hommage lige.

Je l'ai dit à Ismaëlle, mais elle ne m'a pas cru.

Un jour, sans prévenir, il se mit à aboyer.

— Ouarf... Ouarf.

L'aboiement roula très loin, vers toutes les directions, comme une fumée sur l'eau. Je souris.

— Écoute, dit-il.

J'entendis :

Silence. Puis, très loin, un chien lui répondit ; un autre ; puis ailleurs, de maison en maison, les chiens de garde, de ferme, les chiens d'attaque ; et sur la berge aussi, sur la rive suisse, sur tout le tour du lac, des milliers d'aboiements, des centaines de chiens, venus de tous les points à la fois, venus des collines qui surplombent le lac, et ça courut sur lui.

— Écoute, ce sont les miens...

— Les chiens, nous, les chiens, on est là, tous, autour des fosses. On attend. Autour des lacs, des charniers. L'arme au pied, on attend, nous, les chiens, les chiens resplendissants.

— Qui ?

— Moi, nous, Ismaëlle ; quelques-uns... On n'obéit plus aux seigneurs, aux ordres. On marche

sur les chemins, on traverse des villages. On croise sur nos chemins les restes des humains.

Solitaires.

On marche parfois à deux ou trois, pour quelque temps. Mais pour finir seuls.

Des chiens solaires. Des chiens resplendissants. Une arme dans la main, on siffle entre nos dents, on avance, on aboie, on mord ; s'il reste des bourreaux, on les tue, on est le châtiment de Dieu, Gog de Magog, l'enfer.

On enterre les morts, on ramasse les cadavres. On dispute aux porcs les corps humbles des morts, on leur rend la justice, sans haine. On les venge. Chiens de deuil.

La colère de Dieu.

J'avais failli en rire. « Ouarf, ouarf. » J'avais cru à une farce...

Il ne reparla pas, en revanche, des crocodiles ; des cris, des Nègres rouges, de l'Ogre ; du moins jusqu'au printemps.

Il raconta sa mère, morte en couches, pas d'amour, mais de viol.

Je racontai la mienne.

Nous ne nous ressemblions pas.

*

Je pourrais aimer cette terre, m'installer – m'arrêter avec toi, Ismaëlle...

Mais l'animal nage. Dans mon sang, dans mon ventre.

Je ne baisse pas la garde.

J'égrène la terre, et j'en conserve un peu, comme un reste de moût ; je frotte les deux paumes, je sens le grain de terre.

Ismaëlle, tu n'as pas ce parfum, pas ce goût. Je le sais.

Cela m'évite de trop penser à toi.

Ismaëlle, tu as la peau si blanche qu'on en devine les veines, un sang qu'on croirait bleu.
Je ne te goûterai pas.

*

Noël passa sans neige.
J'allais à la messe, très longue, des ténèbres, et de l'aube nouvelle.
Jamais je n'eus mieux conscience de tout mon abandon. En rentrant chez moi, cette nuit-là, je bus, et trinquai à la chaise de mon père, aux absents.

Je pensais à lui.

L'AIMAIS-JE ?

C'est quoi, l'amour ?

Se fier ? Se vouer ? Se perdre ? S'être compromise, déjà, abandonnée, perdue, oubliée – laissée loin derrière soi ?

Je te désire. Te veux.

Je pourrais te piller. Être ton souverain, exercer un empire sur ton corps et ton âme, tout prendre, ne rien laisser, derrière moi. Des outrages. Que tu ne restes intacte pour aucun des suivants.

C'est cela ?

Savoir que sans lui, désormais, je ne serais plus rien. Sens – direction, explications – perdus... N'en éprouver qu'un calme effroi tranquille.

Dire : « je serais perdue », sans panique, froidement. Parce qu'on ne peut y croire, tout à fait, au « sans lui » ; on en tremble, peut-être, on se tord les mains, on guette sur ses lèvres des phrases qui condamneraient ; mais on ne peut y croire, désormais.

On en pleure, pourtant.

Dès le premier regard, je t'ai désirée, Ismaëlle. Sur-le-champ.

Comme une révélation.

Peut-on aimer ainsi ? Dès le premier regard ? Reconnaître une âme sœur ?

Non, c'est la peau, d'abord, l'appétit. Ou une épiphanie.

Peut-on aimer un jour ? Alors ? Sans ravages ? Sans appétits féroces ?

Je pleurais, de dépit. Seule. D'attente. De peur. D'impatience. De n'être pas convoitée. Pas prise.

D'être accompagnée. Écoutée. Regardée. Dévisagée. Appelée. Nommée. Sans savoir comment. Ni pourquoi.

Sans but.

Sûre de rien.

Des larmes amères, sèches, douloureuses à couler, qui n'apaisent rien ; du sel ; sur les plaies. Comme je n'avais pas pleuré mon père mort, ma mère-absence, comme je n'avais jamais pleuré – une enfant quand elle pleure entend ses larmes, s'en berce, cela la rassure, alors.

Mais je n'étais plus moi. Je ne savais pas, qu'on pouvait se perdre. Soi-même.

Un mois. Presque deux.

Ce n'est rien. C'est immense.

À ignorer. Penser. Chercher dans le noir. Les yeux brûlés de larmes, la nuit ; éblouis ; les yeux ouverts. À tâtonner. Craindre un mot, une phrase, maladroite, de ma part, une sentence, de lui – qui arrêterait tout.

À monter chaque jour, cœur battant, à la nausée.

À sentir dans mon ventre qu'il est mien, et moi pas seulement sienne. Dans mes reins.

Cette familiarité, cette chair qui est mienne, une seule chair, pour nous deux.

Et m'en foutre, qu'il me prenne ou me néglige, au fond ; si c'est pour partager un jour de plus ensemble. Partager. Passer.

Juste ne pas se perdre.

Séparés ? Séparés, je mourrais.

Est-ce cela, l'amour ?

Je l'aimais. Déjà.

(Comme on n'aimera plus, on le sait, ou toujours.)

Mississippi burning
(la sorcière au village)

Kevin, fin janvier. Un matin, au débarcadère, alors que j'empoche la location de la barque :

— On dit des choses en ville.

— Quel genre ?

— Il paraît que le Nègre est venu te voir, il y a un mois. Que tu es partie avec lui, dans une voiture neuve.

Sa voix vibre de colère.

— Et que tu montes le voir là-haut, depuis. Tous les jours.

Je ne réponds rien.

— C'est vrai ?

— Oui.

— Il est pété de fric. Il te paye, c'est ça ?

Je ris dédaigneusement. Il m'attrape aux épaules.

— Il te baise mieux que moi ? Il en a une plus grosse ?

Je l'écarte d'un geste sec.

— Il ne me baise même pas, si tu veux savoir... Cela fait des semaines... Et toi, ne me touche plus, Kevin. Je te jure. Plus jamais.

— Sinon, tu feras quoi ?

*

Je jette l'amarre à ses pieds. Il doit mettre un genou à terre pour la ramasser.

— On peut s'en payer une, de barque, si on veut, dit Kylian en s'approchant.

— Faites-le, dans ce cas.

De colère, je ne montai pas voir Ézéchiel.

La nuit suivante :

Un bruit. Hors de la chambre. Quelqu'un ?

En sursaut, je me lève. Vais voir dans le salon.

Du verre sur le sol, à la clarté de nuit. Une fenêtre brisée.

J'allume.

Un choc contre le mur.

Un autre.

J'ai sursauté.

À la suivante, ils touchent leur cible : une pierre traverse la fenêtre cassée.

Puis, c'est une volée, méthodique. Toutes les vitres explosent, l'une après l'autre.

Je pousse un petit cri, me précipite, éteins ; ferme les volets, sous la grêle.

*

À travers une fente des volets, je les vois : deux silhouettes de lanceurs. De frondeurs. De lapidateurs. Dans la nuit, sous le lampadaire.

Ils ont garé là, juste en face, leur voiture flambant neuve payée avec la prime.

— Salope ! Pute !

Ils crient. Ils rient.

*

Volets clos, porte close. Barricadée, fermée – comme pour tenir un siège.

Le voisinage entend, se tait, ne bronche pas.

La police ne vient pas.

— Putain ! Pute !

Je les entends faire monter leur moteur dans les tours. Les départs frein à main sur les jantes de leur bolide. Leurs voix ivres.

Je suis en sueur, cheveux, bas du dos, malgré le froid.

L'odeur de carbone brûlé, fumée bleue, nuit américaine autour du rodéo – je la sens ? Ou bien je l'imagine ? Je vois des bûchers anciens, torches, ma maison brûle.

Le matin :

Je soigne mon pied, désinfecte la plaie que je me suis faite en marchant sur les bris de verre. Je tremble en pressant la gaze sur la coupure.

J'appelle les gendarmes. Les mêmes que pour mon père.

Ils viennent constater, enregistrent ma plainte. Je perçois leur silence, leur absence de surprise, me la figure peut-être. Banalité qu'ils trouvent aux dommages commis, comme une hostilité. Il me semble qu'en fait, ils approuvent les faits.

*

Je tourne chez moi toute la journée, hors de moi-même.

*

Au couchant, je les attends au bout du ponton, sur le quai. Avec le jerrican.

Quand ils abordent, Kylian et Kevin détournent les yeux. Ont-ils honte ?

Ils débarquent.

Je prends l'amarre que Jérémie me lance, la passe à l'anneau. L'amarre de mon père, mon ancrage.

Ils vont se faire payer, puis me donnent ma part. Je jette les billets à leurs pieds.

Je monte dans la barque, vide l'essence du jerrican, saute à terre.

Allumette.

*

Le feu.

Je regarde. Assise sur le quai, les genoux dans les bras, le menton sur les genoux. Fascinée.

La barque flambe, brasero, brûle-parfum, autel, encensoir, bûcher. *Antyeshti.*

Le feu, le feu purifie tout, parce qu'il détruit, libère, illumine.

Dans mon dos, les gens demeurent, commentent la consumation.

Crémation. Gâchis.

Cendres.

J'entends leurs bavardages.

Elle aurait dû partir vers le large, la barque, porter son feu, cette illumination, et les cendres de mon père comme celles d'un roi du Nord.

Finalement, elle coule.

Il ne reste au bout de l'amarre qu'un souvenir noir, inutile, englouti.

Le lendemain, dimanche, j'entre dans l'église à l'heure où la messe commence.

Aurais-je dû entrer pieds nus, selon eux ? Repentante ? En chemise ?

Corde au cou ?

Eussé-je été nue que ma présence, sans doute, n'eût pas été davantage une provocation.

Je traverse les travées – murmures, sur mon passage.

Je vais m'asseoir devant. Troisième banc. Notre place.

Sanctuaire.

Asile.

Je reste là. Têtue. Butée. Dans mon bon droit.

Ici, personne n'osera me lancer une pierre.

Ici je suis chez moi. Ici.

*

Les textes passent sur moi. La Parole. Qui plane, que j'entends, ne comprends pas, mais qui glisse sur moi depuis l'enfance, une réponse, inintelligible, une langue inexprimable ; c'est elle qui remonte parfois, lambeaux de phrase, pour répondre à ma place quand je perds la raison.

Je suis sorcière.

J'ai la tête baissée, inclinée. Les cheveux dans les yeux.

Ici. Assise, prostrée, au troisième banc, impossible à éviter, face au crucifié de bois, comme une pute, une Marie, pécheresse sans parfum à briser sur ses pieds.

Qu'on me brûle. Qu'il me parle.

Que je sache quoi faire de ce désir en moi, cette fièvre, cette fureur.

Anima mea.

Sortie d'office :

— Ismaëlle... Je te garde à l'apéritif ?

Une main derrière l'épaule, le curé, l'homme ascétique, hépatique, foie rongé, si maigre dans son aube trop ample, me protège – il est mon bouclier.

« Suis-je le gardien de mon frère ? »

Rempart entre les autres, et moi, la fille de mon père, la petite pute du Nègre.

Chez lui.

Il se verse un whisky, m'en sert un. Couleur d'ambre. De résine.

— Je sais que tu bois maintenant. Je l'ai entendu dire. Tu as grandi, vieilli.

Il regarde son verre, fait tourner l'alcool, qui laisse sa mémoire grasse sur les parois. La terre. La tourbe, les marais, le bois de chêne.

— On dit des choses en ville, à ton propos. Et à propos de ce garçon, là-haut.

— Oui. J'imagine.

— Que penses-tu qu'en dirait ton père ?

— Je ne sais pas.

— Et ce que tu as fait hier, à sa barque… Il en dirait quoi ?

— Je ne sais pas. Il… Il m'a laissée si seule.

*

Je n'avais pas pleuré mon père. Pas une fois. J'ignorais qu'il suffisait de parler, en fait, tant, dans mon ventre, j'étais pleine de larmes.

*

Il attend.

— J'ai vu comme tu essayais de lui être fidèle. C'est important, cette fidélité.

Il se racle la gorge.

— C'est la réponse que nous donnons, parfois, au désir.

— Que savez-vous du désir, vous ?!

J'ai presque crié. Vociféré.

— Je veux dire… Vous êtes…

— Célibataire, oui. Seul à en crever.

Sa réponse a été étrangement gaie. Primesautière.

— Comme l'était ton père. Il aurait pu se remarier, voir des femmes d'occasion. Mais à part moi, et toi bien sûr, il ne voyait personne. Y as-tu pensé ?

*

— Le désir... Certains esprits forts diront que je suis bien placé pour en parler, puisque le désir, c'est le manque.

Il se roule une cigarette, l'allume. Se ressert un verre. Sourit.

— ... Mais ce sont des conneries. De la philosophie. À force de temps, on s'habitue. On parvient à éroder les désirs. À les désamorcer, plutôt.

— Mais moi, je ne veux pas...

Il m'arrête, d'une main. Se lève, me ressert. Se rassois.

Je ne devine pas où il compte en venir, quand viendront les reproches. La leçon. Dans son pantalon de tergal, marron, son odeur de vin, dans ce corps décharné, asséché : des réponses ?

— Pardon... Allez-y. Continuez.

— Ismaëlle... Ce que je voulais juste te dire, c'est que...

Il cherche ses mots.

— On prétend qu'après trois ans, environ, entre deux corps, on a tout pris. Tout appris.

Un sourire. Gêné.

— On a fait tomber toutes les pudeurs. Pillé, forcé les secrets, les serrures... Accompli les outrages... Il ne reste rien à prendre, ni à perdre, derrière soi.

Un long regard sur moi.

— ... la fidélité, tu vois, ce serait ce qui se joue à ce moment...

Il secoue la tête.

— Accepter l'idée que ta convoitise a perdu. Que tu ne posséderas jamais le corps de l'autre, son âme. Qu'ils ne suffiront pas à te satisfaire. Mais que tu t'en *contentes*... Parce qu'ils te comblent.

Il ne prétend pas, cela se voit. Un souvenir ? Un remords ? Sans doute un jour ne l'a-t-il pas fait, lui ; s'en *contenter*.

Le regrette-t-il ?

— Ton père et ta mère n'ont même pas eu trois ans, pour se lier. Ils gardaient peut-être l'illusion de se posséder, pour toujours, je ne sais pas. Je ne les connaissais pas, à l'époque.

Il se lève, sèche son verre, d'un geste brutal, le repose sur la table.

— Je sais juste qu'il est resté fidèle à ça. Ta mère, toi. Cette idée. Et toi, maintenant, tu brûles ses navires ?

Il me laisse, avec mon verre, seule, dans le salon.

Quand je quitte la pièce, il est dans la cuisine, en train de préparer son déjeuner.

Je rentre chez moi.
Éperdue.

*

Seule. Seule dans la maison de mon père, de ma mère, des trois ans qu'ils n'avaient pas eus ; de leurs désirs mutuels, charnels (puis, au long cours, la maison de sa fidélité).

Les cartons, aux carreaux brisés, me rappellent ma peur.

Quand la nuit tomba, j'hésitai, pour une fois, à profaner leur chambre, leur lit ; me blottir dans leurs bras ; qu'ils me bercent.

Je m'abstins.

Mes draps froids comme un suaire.

Pour la première fois, je me laissai aller. Sciemment. À le solliciter, Ézéchiel ; le forcer en un sens ; le prendre contre son gré.

Faire venir les images.

Son corps. Sa queue. Ce qu'elle me ferait, ce qu'il ferait du mien, qu'il me ferait subir.

Du bien.

Des outrages.

Ses muscles, et la possibilité qu'il me brise en deux, qu'il me rompe dans l'étreinte, qu'il m'emplisse, me prenne. Qu'il me rende folle. Que je lui appartienne.

Je me masturbai. Pour lui. Je ne savais rien d'autre.

Cela m'occupa le corps – donc l'âme, c'est la même chose. C'était comme me soulager, provisoirement, d'un manque plus béant. Comme une façon de lui être fidèle, pensai-je ; je ne sais pas ; je voyais ça comme cela : me préparer à lui. Attendre.

Être prête. Corps et âme, qui sont la même chose.

« Ton corps t'appartient », m'avait-on dit, à l'école, en ville, en société. Foutaises. Bavardages...

J'étais mon corps, ce soir-là, pourtant hors de moi-même.

Même aujourd'hui, je le suis ; alors qu'un occupant y pousse.

Ce qui est moi, vases et peau, ne peut m'appartenir.

Deux jours. Où es-tu ?

T'ai-je perdue ?

Toi qui n'étais pas mienne, que j'aurais laissée libre, comme les chiens errants...

Voulais-je te lier, t'avais-je prise déjà ?

Croyais-je te posséder ?

Exorde

Quand il me vit arriver, le lendemain matin, Ézéchiel ravivait le feu.

Il leva les yeux :

— J'ai cru que tu ne reviendrais plus.

Je haussai les épaules, écartai les bras.

Il se leva :

— Viens. Allons marcher.

*

— Où étais-tu ?

Je lui racontai les pierres, la barque, le feu. La pute échevelée pleurant aux pieds du Christ.

Il fronça les sourcils sur son front enfantin.

— Veux-tu que je les tue ?

*

Je lui dis tout. Tout.
Mon innocence. Mon trouble.
Mon désir. Ma peur.
Mon effroi.
Mes sens, que je perdais. Ma peau, que je jouais. Misais. Tapis. Sans table, sans banquier, sans partenaire. À perte. Dilapidée.
Mes nuits à l'attendre.
Que je ne comprenais rien, plus rien :
Ce à quoi nous jouions. Sa distance. Ses mots. Ses imprécations.
Que je voulais qu'il m'aime, me prenne. Me garde.

Ma voix semblait d'une autre. Grave. Enrouée. Éraillée. Un feulement de voix.
— Pour toi, j'ai tout risqué...
— Je ne t'ai rien demandé.
— Si, bien sûr que si...

*

Il se taisait. Paraissait réfléchir.

Nous fîmes halte pour déjeuner de pain, de fromages, d'eau-de-vie, repartîmes.
Plusieurs fois, nous nous arrêtâmes, encore, pour regarder le lac. Les barques le sillonnaient : on voyait leurs efforts, celui des vedettes, pour ramasser les corps. Des dizaines de feux, des colonnes de fumée montaient sur les deux rives.

Le soir s'annonçait.

Dans les champs gelés, les corbeaux et les mouettes se disputaient les restes… Restes de quoi ? Pourquoi continuaient-ils de venir piocher ici, alors que le charnier – le lac – était à ciel ouvert ?

*

Nous revînmes au palais.

— La nuit tombe, dit-il.

Je fis mine de ne pas avoir entendu.

— Il faut que tu t'en ailles, Ismaëlle.

— Je voudrais… je voudrais dormir ici. Avec toi. S'il te plaît.

Dans la pièce vide, immense, il s'assit en face de moi ; le feu, entre nous.

— Je n'ai rien à manger.

— Je m'en fous. Je n'ai pas faim.

— Tu ne...

— Tu ne veux pas de moi, c'est ça ?!

Il ferma les yeux, murmura (plus tard, je sus qu'il priait tous les soirs). Puis il sortit une bouteille d'alcool blanc, en but une rasade, me la tendit. Je déclinai. Du temps passa. Plusieurs fois, il but, me proposant l'eau-de-vie. Il se taisait, tisonnait les braises.

— Tu ne m'aimes pas, en fait ?

De dépit, je pleurais. J'aurais pu m'humilier, j'aurais pu...

— Prends-moi, s'il te plaît. Garde-moi...

Il se leva, alla s'appuyer au cadre de la porte, vide, qui béait sur la nuit.

La rive noire, en face, les montagnes. Je me levai à demi, pour le rejoindre – j'entendis à cet instant sa voix, presque pâteuse d'ivresse, mais haute, cependant.

— Te prendre ? Regarde-les, Ismaëlle.

Il me tournait le dos.

— Leurs fenêtres, des carrés de lumière... Les dernières vont s'éteindre. D'ici, on les voit bien... Quand tu marches dans les rues, entre les hauts murs, tu ne les vois pas bien, il faut se reculer, prendre de la hauteur. Alors tu les vois toutes, les milliers, les dizaines de milliers de lumières, et dans chaque chambre, chaque lit, et devant chaque écran, des ventres... Ils ont pris.

Le lac sous la lune. Les lumières de Lausanne.

— Je prie, et je suis saoul, toutes les nuits. Eux dorment. Ils ont l'esprit paisible, le ventre plein... Ils ont pris. Leurs commerces, leurs transactions – sur le sang, le labeur, la mort, payés en peaux d'esclaves –, ils s'en moquent. Ils dorment, repus. Leurs ventres gargouillent un peu.

Argent blanc ? Non, blanchi. Y a-t-il un or propre ? Un or sans reflets rouges ?

Ils tueraient pour avoir davantage, juste un peu, crois-moi ; ils tueraient leurs voisins, leurs familiers, les leurs. D'un coup sans méchanceté, juste pour prendre, entasser encore dans leurs propres étages. Civilisés ? Si peu. Juste une couche de vernis et de peur qui les retient, au moment de...

Mais si la police en désigne quelques-uns qu'on va tondre, piller, raser, éventrer, vider, s'ils peuvent dépouiller impunément, crois-tu qu'ils hésiteront ?

— Est-ce qu'ils hésitent ? Regarde-les dormir… Ils se sont pris, peut-être… Leurs biens sous leurs matelas, dans leurs greniers, au-dessus et en dessous d'eux, leurs mains crispées sur leurs draps. Tout ce qu'ils amassent, ça déborde jusqu'au toit. Les vois-tu ruer dans leur sommeil, agités de remords ?

Il se tourna vers moi, montra la rive noire.

— Écoute, ils dorment… Tu veux dormir comme eux ?

Silhouette devant la ville, dos en ombre de Chine, il avait dans la voix un accent de terreur. De quoi me parlait-il ?

*

Il alla à une cantine de fer, à côté des deux sacs plein d'argent, ouvrit la malle, déposa près de moi trois couvertures pliées.

— Installe-toi comme tu peux, Ismaëlle. Moi, d'ordinaire, je dors assis. Et saoul.

Il attisa le feu, y jeta trois grandes bûches, puis il prit son manteau et la bouteille d'alcool.

— Tu… Tu t'en vas ?

— Oui. Excuse-moi.

Dans les yeux effrayés qu'il posa sur moi, je vis briller un feu. Il le défigurait, le rendait hideux.

— La nuit, je deviens loup.

Moi, aveuglée, je lui trouvais une beauté, ainsi, même grimaçante.

De quoi m'avait-il parlé ?

Il ne vint pas me rejoindre.

Le lendemain, je redescendis, en milieu de matinée, grelottante d'humiliation.

De quoi m'avait-il parlé ?

Il neigea la nuit suivante. Brutalement, sans prévenir.

Tout fut recouvert.

Au matin, cette camisole étouffait les bruits, les oiseaux ; et les arbres ployaient.

Sous la neige, la partie qu'on appelle le grand lac prit les airs d'un fjord, comme s'il allait s'ouvrir, et j'eus cette impression que la mer était à l'est… (Ici, on ne voit pas le lac se refermer. On garde l'illusion d'un goulet, une fuite.)

Neige sur la terre, neige aux arbres, sur les branches, et dans le ciel de nuit – des flocons tombent, ils illuminent la nuit, sans l'éclairer jamais. Papillons de lumière, froide et morte, saisis dans les phares.

Neige sur les voies ferrées, sur les barbelés, le blanc sur le noir, comme vos photos de guerres. Neige des longs hivers.
Je n'avais jamais vu la neige.

Pétrifiée, la vie. Pétrifiée, la couleur. Images de cendres, villes fossiles, pluies brûlantes. Toute couleur s'est retirée, il ne reste que des noirs, des blancs et quelques bruns.

Sur les fosses communes aux vêtements bariolés, à Goma, on jetait de la chaux, et c'était cette couleur : les corps redessinés par la fine poussière, les drapés, les désarticulations. La chaux vive les ombrait, les cendrait, avant de les manger. Les hommes en uniforme de chez vous, de chez nous poussaient au bulldozer les corps par milliers. De peur que les morts ne contaminent les vivants.

Chaux vive pour la mort.

Ailleurs, les charognards avaient ôté la viande sur les os, et le soleil aussi. Ailleurs, les os, de se retrouver épars, au milieu de champs verts, paraissaient un peu moins inhumains que sous la neige.

U Mazzeru

Deux mois encore.

Nous ne reparlâmes pas de cette nuit-là.

Toute honte bue, toute dignité offerte, je montais chaque jour, pendant les deux mois suivants. Butée, entêtée.

De la neige jusqu'aux genoux, certains jours.

Souvent, elle m'empêchait d'arriver assez tôt pour suivre Ézéchiel.

Il chassait tous les matins, désormais. Il relevait ses collets, il brassait les halliers ; repérait les traces fraîches, parfois, d'un gros gibier. Il se lançait alors à sa poursuite pour des heures. Il souriait, j'en suis sûre, en courant, son souffle emplissait sa bouche de salive, l'air froid. Son couteau brinquebalait, accroché en lanière autour de son cou. Il traquait le gibier sur des kilomètres. Quand il s'en approchait, son odeur et ses pas affolaient l'animal. Le temps était pour lui, comme un coureur de piste, un basenji. Il tenait plusieurs heures. Chaque fois que la proie pensait l'avoir égaré, elle entendait son souffle qui lui brûlait la nuque. Elle s'affolait, muscles acides, l'encolure et la croupe roides, couverte de suées qui gelaient sur ses flancs. Elle ne savait plus devant quoi elle fuyait, homme, bête, ou démon.

*

S'il m'emmenait à sa chasse, quelquefois, il s'arrêtait aux abois :

Un matin, nous débusquâmes un cerf, un grand mâle, dix cors. Nous le poussâmes toute la journée dans ses retranchements. Finalement, presque au soir, nous le forçâmes. Il quitta la forêt. Hallali. Dans la prairie de neige, il s'arrêta, frémissant, à trente mètres de nous. Je me souviens de son regard. Les longs cils sur ses yeux voilés d'épuisement. Sa peur. Immobile, haletant, il nous regarda, en cillant, longtemps, son haleine fumante.

Il attendait le coup de grâce, qu'on en finisse. Ézéchiel l'épargna.

*

Un autre jour, il me dit : « Je ne veux pas que tu me vois tuer, Ismaëlle. Jusqu'à Mammon. »

*

Je n'allais plus voir les collectes, au port. L'argent des primes de décembre et janvier s'épuisait mais je ne voulais pas de celui d'Ézéchiel.

En ville, on m'évitait. J'évitais le café, le soir, en revenant du plateau, à cause des commentaires qu'ils faisaient à voix haute, sur le cannibale, la taille de son vit, les femmes blanches qu'il baisait.

*

Quand il sortait des forêts, vers midi, un gibier sur l'épaule, revenant vers moi, je l'attendais assise. J'entretenais son feu, dans son palais. On dépouillait la bête, on rompait le pain gris que j'avais acheté, j'en coupais des tranches épaisses. On dévorait la viande, rôtie, encore trop sanglante, en se brûlant les mains, en mordant dans le jus. On riait.

On riait d'insouciance, et de peur qu'on la perde.

Je n'essayais jamais de lui prendre la main lorsque nous nous frôlions. Je m'efforçais de faire taire les nerfs, la peau – le manque au creux du ventre, du bas-ventre.

*

De l'échancrure de terrain, sur notre balcon, pendant nos festins, on voyait les sillages des bateaux sur le lac, des dizaines de barques à moteur, en plus des vedettes. Chacune laissait une traînée, longtemps, qui rosissait. Car les morts continuaient de remonter, eux.

Quand tu pars, la nuit, je roule dans des voitures que j'achète. Que je jette. La chaux, la cendre tombe. Les essuie-glaces la chassent, obstinément, collante sur le pare-brise. Couche épaisse, brune, de sel et de sable, sous mes roues. Les pneus mordent.

La tempête épaissit, brouille la vue.

Je roule. Un essaim vibrionne, la neige se jette sur moi à travers le pare-brise.

Je ne ralentis pas. Jamais. J'entends le bruit étrange des pneus sur la chaussée. Dans l'habitacle, on croit pouvoir échapper, toujours, à la chaux et aux cendres ; le ciel les saupoudre sur les têtes des vivants et des morts.

*

Les lacs creusent-ils partout dans les âmes une folie, un appel à la fosse ? Les âmes, partout, s'en trouvent-elles possédées ?

Les grands lacs m'effraient.

Les Grands Lacs du Nord, ils chuchotent aux colons la mort des Hurons. Le Gran Tenochtitlan, bâti sur son lac, sous l'épée des Cortés. Wannsee, Victoria, Kivu...

*

Les fantômes collent aux peaux, et cette puanteur ; pour s'en débarrasser, nous frottons sur nos dermes, nous jetons des pelletées de terre sur les trous, et nous nous étrillons ; la chaux et le savon ; le gant de crin écorche. Mais l'odeur continue de coller.

« Devoir de mémoire », dites-vous, comme si nos peaux avaient le choix de pouvoir oublier...

Les crématoires ont-ils répandu les cendres, vents d'est, de Pologne, sur vos têtes ? Chutaient-elles sur vous ? Deviez-vous essuyer parfois sur vos épaules une fine couche, les morts qui retombaient ? Et la cendre blanchissait les cheveux des vivants ?

Maintenant, vous savez, pourquoi vos cheveux blancs : les cendres de Pologne sont retombées sur vous, elles vous blanchissent en neige. Jusqu'à quelle hauteur sont-elles montées, pour redescendre encore ?

Maintenant, nous savons, pour nos propres cheveux : la chaux de Goma et celle de Bukavu pleuvent sur nous, relents de choléra, parce que les tueurs ont empli de victimes tous leurs puits, jusqu'à ce qu'ils débordent.

La neige tomba tout l'hiver, elle illuminait la nuit. Je la regardais aux fenêtres, de la maison de mon père. C'était une féerie, une merveille parmi d'autres,

Comme les morts sur le lac,

Comme le silence.

Parfois, le désir était si fort qu'il fallait se mordre la langue. Parfois je l'anesthésiais.

Que resterait-il de moi, après ça ?

Plus de métier, de lac, plus de barque, d'amis, de réputation, plus de ville, plus de corps ni de nerfs... Plus même de pensées, quand la nuit, mes mains frôlaient mon pubis, sans vouloir le toucher. Rien d'autre qu'un désir, une attente plutôt – une attente impatiente. Que quelque chose arrive. Comme un miracle.

Restait-il un printemps ?

*

Au dernier jour de neige, assis près de son feu, Ézéchiel me dit :

— Viendras-tu pêcher la baleine blanche, Ismaëlle ? Avec moi ?

— Qui est-ce ?

— Une Bête. Mammon. Viendras-tu la pêcher ?

Cette fois, je hochai la tête.

— Prépare ton sac, Ismaëlle. J'ai besoin d'un pêcheur pour m'emmener sur le lac, d'un capitaine pour barrer mon bateau...

D'une amie pour me tenir la main.
Viendras-tu ?
J'ai si peur pour nous.

Il dispersa le feu de sa chaussure. Il jeta les valises dans le coffre, et le fusil d'assaut. Son couteau pendait par la lanière de cuir, à son cou. Aux braises mourantes, le bracelet lançait ses lueurs rougeâtres, ensanglantées.

Il avait passé deux saisons dans le palais des courants d'air, déjà il avait vu le lac changer cent fois, sa couleur, sa peau.

Maintenant, la Bête allait venir.

Il me dit de l'attendre au port.

Je le rejoignis à la tombée du soir sur l'embarcadère. Il négociait l'achat d'un *cabin cruiser*. Notre *Pequod*. C'était un bateau long, nouveau riche : douze mètres, une cabine haute sur le toit de laquelle était aménagé un poste de pilotage, un autre poste à l'intérieur, à l'abri ; le pont de bois vernis s'ouvrait sur une plateforme à l'arrière, ras de lac, pour les sports nautiques ; un moteur *inboard*.

Mon père jamais n'aurait pu se l'offrir.

Ézéchiel proposa au propriétaire une valise pleine d'euros, trois fois le prix.

— Tu sais piloter ?

— Que t'importe. Je paye. C'est à moi...

Haw haw haw, l'argent n'a pas d'odeur !

— Elle, elle sait le conduire, le bateau. Maintenant, laisse-nous. Prends tes affaires. Va-t'en.

— Vous allez écumer ?

— Non. Nous pêcherons au gros.

*

Nous embarquâmes ce qu'il avait prévu : notre accastillage, et tout son avitaillement.

Son sac de marin, le mien ;

des vivres, de l'alcool, ses armes ;

six chevreaux, comme dans le conte, qui bêlaient et serviraient d'appât.

Du bois pour les épieux.

Des fers pour les harpons.

Nous nous éloignâmes. J'étais à la manœuvre.

Le lac était un marbre, noir, brillant.

Depuis la cabine, à travers le pare-brise, je voyais sa stature, son dos, à la proue, dans la lueur du projecteur qui perçait la brume ; dragon hautain d'un quelconque drakkar.

Il dormit sur le pont, enroulé dans une couverture. Dans la cabine, paisible, je songeai à cette nuit où Queequeg rejoint Ismaël. Mon cannibale ? Je le savais à mes côtés, sur mon sol, à mon bord. Ce fut, sur le lac, notre première nuit ensemble. La dernière l'un sans l'autre.

NOS DIALOGUES

Histoire d'Ézéchiel

Quand je sortis de la cabine, Ézéchiel était au poste de commande, dehors, sur la plate-forme.

Le ciel jaunissait. L'étrave poussait des corps.

Ils occupaient tout le centre du lac, blancs, nus, à la surface. Ils avaient battu les flancs du bateau, toute la nuit. Je les avais entendus griffer la coque.

Je vous connais. Yeux tournés vers le ciel, vous suppliez. Encore. Votre bouche est ouverte sur un cri, les lèvres retroussées ; les dents. Le noir de votre gorge s'emplit d'eau au fil de la flottaison.

Leurs visages de noyés, étrangement calmes. Ils avaient l'air souffrants, toutefois, et du supplice ordinaire de la mort. Cette peau trop fine, translucide aux jointures, ces doigts violacés par le froid. Sur leurs corps presque bleus, leurs poils et leurs cheveux paraissaient presque obscènes. Leurs toisons pubiennes et les torses velus flottaient comme des lichens, des souillures sur leurs corps. L'eau jouait dans leurs cheveux.

Leurs visages saisis ; la peau collait au cou, creux ; les arcades gonflées.

Il n'y avait pas d'odeur.

Ils ne faisaient pas de bruit, sauf quand ils heurtaient la coque. Le silence planait, un oiseau sur le lac. Des vaguelettes battaient parfois plus fort.

Dans son sillage, le bateau laissait une tranchée bleu sombre, presque noire.

Puis, à une centaine de mètres derrière nous, les corps se refermaient comme font les sargasses. Notre trace disparaissait.

Les cris, quelques mouettes venaient piocher du bec. Les morts avaient l'air de végétaux perdus, dérive à la surface. Je pensais à mon père que je n'avais pu revoir. J'eus envie de me cacher les yeux, et pleurer tout mon soûl.

Nous passâmes la matinée à tailler en pointe les épieux qu'Ézéchiel avait emportés pour la chasse. Il se taisait, lui que j'avais entendu si disert ; imprécateur.

Une tension vibrait dans l'air.

Les barques vinrent ramasser leur lot, à la fourche. Les écumeurs hissaient à leur bord l'algue d'hommes, ils la brûleraient avant que cela pue.

*

Il fit du feu, dans un brasero, sur le pont du bateau. Nous durcîmes les épieux, pointes au feu, sacrifiâmes un appât dans des bêlements aigres.

Il but des bières Primus en rôtissant la viande.

Il se tenait coi – Bouche d'Or.

*

Au coucher, nous regardâmes partir les vedettes. Leurs traînes, leurs sillages se croisaient. Les pêcheurs retournaient vers les fumées. De l'eau jusqu'à la lisse, ils enfonçaient sous leur charge.

La surface qu'ils striaient rosit, entre bleus pâles et rayons des couchers.

Notre bateau demeurait. Entre les deux rives, abandonné, seul au milieu du lac, il gîtait doucement, un jouet pour les puissances obscures. Il y avait eu un matin, il y avait un soir. Premier jour.

À nuit tombée, une vedette vint nous aborder. Gyrophares et fanaux.

— Que faites-vous ici ? fit l'homme de passerelle, au mégaphone. Vous n'avez ramassé aucun corps ? Vous restez sur le lac ?

— Nous chassons, cria Ézéchiel. Nous attendons une Bête. Mammon. Elle va venir et elle prendra tout.

*

Un flic saute sur notre pont. Je le connais, je l'ai vu souvent sur le débarcadère, les semaines de décembre – c'est lui qui dirige la distribution des primes aux écumeurs.

— On a eu deux attaques, sur le lac, aujourd'hui, dit-il. Trois morts. Une Bête prodigieuse, inconnue. Et les Suisses ont perdu une barque tout à l'heure, avec trois écumeurs à bord.

— Nom de Dieu, Mammon ne respecte même pas les eaux territoriales... Haw haw haw...

Le flic ferme son visage :
— Vous savez ce que c'est, cette Bête qui nous attaque ?

— Je sais son nom, Mammon... Elle vient. Elle se nourrit de nous – les vivants, les morts. Insatiable, elle est. Elle ne se lassera pas. Vous voudrez la prendre, mais vous ne saurez pas. Vous voudrez la détruire, mais vous échouerez...

— Tout le monde rentre au port. On interdit le lac à la navigation jusqu'à ce qu'on la pêche, cette... cet animal.
Ézéchiel rit plus fort, à gorge déployée :

— Haw haw haw... Je suis le fils du dictateur ougandais Idi Amin Dada. Je suis le fils du dictateur rwandais Juvénal Habyarimana. Je suis le fils du dictateur centrafricain Jean-Bedel Bokassa, le fils du dictateur zaïrois Mobutu Sese Seko. Je suis leur fils à tous, je les ai renversés. Et je suis venu ici pour la chasser, cette Bête.

— Vous ne pouvez pas.

— Je peux tout. J'ai toute l'immunité. Je suis pété du pognon de tous mes pères, j'ai plus de comptes dans les coffres suisses que vous n'en posséderiez dans vos rêves les plus fous. J'ai un passeport diplomatique rwandais, un autre zaïrois,

un autre d'Ouganda. Je suis un héros de guerre dans au moins quatre pays, autour des Grands Lacs. Le héros nègre... Je suis venu ici pour tuer cette Bête.

Et Ismaëlle a un permis de pêche, un autre pour naviguer. Tu veux voir ?

*

Le flic nous rend les passeports : ceux, diplomatiques, d'Ézéchiel, et le mien, avec mes permis. Son menton et mes mains tremblent un peu.

— Vous... Vous restez avec lui, mademoiselle ? Il est fou. Vous êtes mineure.

— Mineure émancipée. Je vous signe une décharge, pour ma peau.

— Tu as vu comme il tremblait, en rendant les passeports ?

Il rit.

— Il voulait savoir ce que nous allions chasser. Moi aussi, j'aimerais.

— Cela viendra, Ismaëlle.

— Et je saurai, alors, ce qu'est le héros nègre ?

— *Haw haw haw. Haw haw haw...*

Son rire de cannibale.

— Qui es-tu ? Quel âge as-tu, Ézéchiel ?

— *Haw haw haw. Haw haw haw...*

— Raconte-moi.

Nuit noire. Assis, les bras ouverts, il a l'air d'un boxeur dans son coin ; appuyé sur les cordes ; il va tout embrasser.

— *J'ai huit ans. Je commence de pénétrer de nuit dans le bassin des crocos de mon père.*

Je me glisse nu, dans l'eau saumâtre. Je suis né, moi aussi, avec toutes mes dents...

Le brasero qui brûle. Ses yeux brillent.

— *Je plonge sous les eaux. Crocodiles.*

Je les vois dériver au fil de l'eau, lourdes silhouettes éteintes. Je suis plus silencieux, même quand ils dérivent. Je ne les crains pas, je redoute leurs gueules. J'apprends à nager sous eux, à reconnaître l'heure où leurs repas d'hommes les ont bien contentés ; ils ne sont plus avides, seulement dangereux par pure méchanceté. Repus.

Les proies hurlent, battent l'eau à la surface, moi, je nage au fond. Dans les restes. Les boues et les vases. Le sol de latérite se teinte du sang des morts, au milieu des débris végétaux et humains, qui flottent entre deux eaux.

J'ai huit ans, Ismaëlle.

L'eau me saisit, chaque fois. Le lac Victoria est froid, glacé, une sueur sur un front. Je sens ma chair durcir, la mince carapace de ma peau, mon sang sourd, dans chacune de mes veines, il bat depuis mon cœur, il irrigue mes veines, mes artères – tous les cheveux de sang. Mon sang bat à mes tempes, à mesure que l'air fuit. L'air quitte mes poumons. Je le retiens, longtemps, avant de le cracher.

La boue s'éclaire, la lune passe à travers les déchets, restes d'hommes. Vases. Les sauriens sont des troncs. Leurs ombres flottent en surface. Je vois leurs ventres clairs ; fragiles.

J'apprends à retenir l'air dans ma poitrine. J'apprends qu'il faut brûler, sentir un feu enflammer les poumons – mais ne rien recracher, pas un filet de bulles. Et je sens le sang battre, chaud, la pompe de mon cœur, lentement.

*

— Ensuite ?

— J'ai neuf ans. Un soir, le sang bat à ma tête, une ivresse. Je remonte vers eux, tends la main : je frôle un de ces ventres. Les écailles minuscules comme la peau d'un serpent. Une

caresse. C'est tout. Puis je replonge, redescends, la douleur à mes tempes est plus violente encore, je ne pense qu'à mon sang, au réseau de sang chaud. Je le sens dans mes doigts, il m'irrigue. Arborescence vivante, rouge clair à l'intérieur de moi. Mon ventre racle la boue, mes coudes cognent la vase.

— Ensuite ?

— J'ai onze ans. Peut-être ont-ils appris au fil des mois qu'un fantôme nage sous eux, tous les soirs, plus nu, plus silencieux qu'eux-mêmes ?

— Qui sait ?

— Non, ils ne savent pas. Cette nuit, avant de plonger, j'ai pris un des couteaux de chasse que mon père garde dans ses armoires.

Je pose ma paume sur le ventre écaillé, jaune, presque blanc par endroits, de l'un d'eux. Et je l'éventre depuis les pattes avant jusqu'à la bosse des parties génitales, sans mal, sans un effort.

Il crie : un sifflement strident. Sursauts et contorsions.

L'eau brutalement se brouille d'entrailles, de sang, tout se vide par la boutonnière que j'ai fendue.

Je replonge vers le fond, déjà. J'agrippe la vase. J'avance, aveugle. Suivant le fond du lac vers la rive. Les bouillonnements et les cris rauques, derrière, disent que la curée a déjà commencé : les autres sauriens dévorent le blessé.

Je souris, sous l'eau, en retenant les bulles.

*

— Ensuite, Ézéchiel ? Raconte…

— J'en fends quatorze, ainsi, en trois saisons. Quatorze fois, je me glisse dans le lac, je guette leurs pâles mouvements, puis je les ouvre.

J'entends la bête siffler, crever, et les bouillonnements ; les contorsions violentes, raides, l'eau noire. Les dents des autres.

Je nage dans l'eau grasse de leur sang, entrailles, jusqu'aux herbes de la rive.

Je reste longtemps allongé sur la rive, après. Le réseau de mon sang brûle, bat, jusqu'aux extrémités de mon corps vivant. L'air semble tiède.

Il semble reprendre son souffle. Ses yeux brillent. Comme loup.

— Ensuite, j'ai douze ans. J'ai connu des femmes. Je suis un homme, disent-ils : mon corps s'est bâti, et ma queue est formée.

Il me regarde, pour voir si ça me gêne qu'il parle de son sexe. Ça me gêne. Mais il ne le voit pas, nuit, seuls nos yeux, aux lueurs des braises, et je ferme les miens. Ses dents luisent, quand il parle.

— Je suis comme un géant, j'assomme des combattants de quatre ans plus âgés, sur le ring de mon père, sous les rires de mon père ; sous son rire sanglant. Je suis son préféré, parmi tous les bâtards, celui qu'il tolère à sa table avec ses épouses, ses ministres, ses enfants légitimes.

Je lui ressemble tant, dit-il.

Quand nous mangeons ainsi, j'ignore si la viande est celle des ministres tombés en disgrâce. Je mâche, je sens le jus qui coule entre les dents, fade, ruisseau sur mes lèvres. Je regarde les épouses qui vieillissent méchamment ; je regarde les plus jeunes concubines – à peine nubiles, concurrentes déjà de ses faveurs – qu'il possédera. Un enfant aux dents blanches viendra les occuper.

Un soir, je me glisse dans sa chambre, après une des orgies. J'ai le couteau. Je viens pour le fendre. Je ne fais aucun bruit, mon cœur bat lentement, pas un souffle ne sort. Mon haleine est en moi. Mon sang brûle. Je suis souple comme si je ne pesais pas plus de cent soixante livres. Il repose, gigantesque, obscène, nu, écrasant de ses bras deux jeunes concubines, endormies elles aussi. Leurs seins pointent encore, l'orchidée violacée et sombre sur chaque sein.

Ont-elles eu du plaisir ?

Ont-elles joui ?

Leurs fesses sont rondes, lisses, duveteuses comme des fruits. Celle de droite est enceinte de ses œuvres, de cette nuit ; son ventre palpite déjà, oiseau ensanglanté – sait-elle qu'elle enfantera dans neuf mois, qu'elle va mourir ?

Je pose ma paume, les doigts écartés, sur la panse cannibale. Je lève le couteau.

Une poigne me retient.

L'étau me brise. Je sens mon os craquer.

Ses sbires sont sur moi, ils crient, me malmènent.

Lui s'éveille.

Ses yeux sont jaunes. Il rit.

— Ensuite ?

— Ils rompent mes os, tous mes os. Ils me piétinent. Sous ses yeux. Leurs talons bottés sur mon visage, mon ventre.

La chair martyrisée m'arrache des suppliques. Ils cognent plus fort.

Je ne geins presque plus. Le sang me quitte, par toutes les plaies qu'ils font – il inonde mon corps comme un film huileux. Et ma peau se refuse à le réabsorber. Ma vie s'en va.

Mon père tourne en peignoir de soie fauve, à taches de léopard, qui bâille sur ses seins de femme, sa peau de suif graisseuse. Il penche le cou vers moi, pour mieux voir.

Il se tait, il regarde.

Ils me tuent.

Je me réunis sous les coups, me regroupe. Me raccroche. Mon corps étrécit, m'enveloppe. Mon âme saoulée se tend vers le rythme du sang, la pompe bat à mes tempes sous la pointe des bottes. Quand ils cessent, un instant, je me tourne vers lui et je crache. À chaque fois je crache. Ce n'est plus qu'une bouillie, quelques bulles qui coulent de mes lèvres fendues.

— Ensuite ?

— Il les arrête d'une main. Je retiens mon haleine. Je la garde dans ma bouche. Dans un filet de sang, je murmure : « Je suis descendu dans la fosse, j'en ai fendu quatorze, de tes crocodiles. »

Il éclate de rire, il bat des mains, ravi. Il dit : « Demain... » Il jette mon couteau sur le sol, devant moi.

Je ne peux pas bouger, mon corps est en morceaux. Mon corps est un tissu sanglant laissé au sol.

— Ensuite ?

— C'est l'aube.

— Ensuite ?

— Ils me traînent sur la rive, mes jambes ne portent pas. Ils me nouent la lanière de cuir du

couteau autour de la main gauche. Mon poignet droit brisé fait un angle étrange.

Le bracelet d'or a maintenu l'os gauche intact. Maman. Tu me protèges.

Mon père s'installe sur son trône, sur la berge.

Ses femmes. Ses concubines. Ses ministres, tous ses fils, ses courtisans, leurs femmes, leurs maîtresses. Je sens la boue humide rafraîchir mon dos, mes cuisses.

Mon père rit, un rire inextinguible. Je l'entends, me semble-t-il, depuis que j'ai deux jours.

— *Haw haw haw !*

Pleure-t-il ? Rit-il ? Dois-je continuer, m'enquérir ? Ou me taire ?

Je me tais. Il reprend.

— Je suis sur la berge, sous leurs yeux. Ils attendent.

Je pousse sur mes paumes.

Je me traîne sur les fesses, de sursaut en sursaut, vers la rive herbeuse.

Je vois les reptiles rouler dans l'eau boueuse, ils font une écume blanche. Leurs ventres, clairs d'écailles, obscènes, offerts au ciel à chaque contorsion. Ils ouvrent leurs mâchoires, les referment, clac, clac.

Je suis un vermisseau – et la fange s'approche.

Mes pieds touchent l'eau glacée. Le réseau des veines brûle, dans mes talons, les pieds, il irrigue mes jambes.

Crocodiles. Ils ne sont que des gueules terminées, le long d'une crête, par des queues cinglantes. Je vois leurs langues épaisses.

Mon corps se durcit, le faisceau de sang coule. Je suis vivant.

Je pousse sur mon poignet-bracelet, une flèche de souffrance blanchit toute l'épaule, remonte dans le cou. Je concentre mes pensées vers le sang dans mes pieds.

Il ferme les yeux. Revit-il le moment ?
Il se lève.

— « OOOOOhhhhh » crient-ils, tous, dans mon dos.

Je suis debout.

Les crocodiles arrêtent de progresser vers moi. M'ont-ils reconnu ?

— Qui sait ?

— Oui. Je crois.

Je regarde leurs yeux jaunes. La pupille fendue, droite, noire, verticale. Ils ne cillent jamais.

Je fais un pas, puis deux, vers eux.

La vase tiède remonte à mes chevilles. L'eau froide est au-dessus des genoux, maintenant. Le sang remonte en moi, le faisceau de sang chaud, fluide.

Ils reculent. Crocodiles.

Je n'ai pas peur d'eux. Je suis leur prédateur.

C'est moi qui fends les ventres. Je descends vers le lac. De l'eau jusqu'à la taille, mon sang est rouge,

rouge, vivant, brûlant dans chaque fil, chaque cheveu sous ma peau. Je brandis mon couteau. Les veines du cou se tendent.

L'écume blanche que je fais paraît immaculée, quand je plonge.

L'eau est fraîche. L'eau est froide. Tout mon corps est vivant, le sang bat sous ma peau.

Je nage droit vers eux. Je ne plonge pas, cette fois. Ils s'écartent, font une haie, à ma droite, ma gauche. Je garde la tête haute, bien au-dessus de l'eau.

Ma peau est dure. Mes membres sont puissants, le sang les gorge.

J'avance vers le large entre les crocodiles.

*

— J'ignore pourquoi il ne m'a pas fait tuer, au large, sur le lac, par ses sbires. Quelques coups de gaffe sur mon crâne auraient suffi.

A-t-il seulement, une fois, eu merci ?

Je ne vois que ses yeux.

— Je ne suis pas le héros nègre... Je venge les morts, simplement, et je tue les bourreaux. Je crève les animaux qui se nourrissent de nous. C'est tout. Et ce putain d'animal-là, Mammon, qui nous attend, je crois bien que c'est le plus gros que je peux espérer.

*

Nous veillons, ensemble – j'ai tiré une couverture de la cabine, et me suis enroulée, sur le pont, à son côté. Je frissonne, j'ai froid, mais je reste pour qu'il n'ait pas peur.

Baptêmes (eau, feu)

— Quel âge as-tu, Ézéchiel ?
— Dix-neuf ans, Ismaëlle. Mais je me sens si vieux.
— Tu as commencé tôt.

Troisième soir.

L'odeur du chevreau plane en rôtissant. Il ne s'est rien passé, aujourd'hui. Les braises éclairent la nuit. Je tourne la broche. Ézéchiel boit un poison d'eau-de-vie, raide, violent, « une boisson pour la saoulerie ». Je tisonne les braises dans le fût de métal coupé qui sert de brasero, avec un des épieux. Il boit au goulot, s'essuyant la bouche, parfois, avec la manche. Alcool blanc, transparent comme une eau.

> *Mammon nage vers nous. L'entends-tu, Ismaëlle ?*
>
> *D'ici, nous sommes trop loin pour les fumées des hommes, les cris des animaux. Nous sommes seuls. Sous la surface, loin, très loin, des corps sortent de la vase amniotique. Ils remontent dans un mouvement lent, de fœtus. Mammon donne des coups de queue calmes, puissants, fantomatiques, dans la nuit. L'eau est noire. Elle en happe quelques-uns dans leur remontée. Elle écume les autres.*

Le sang bat à ma tête, à mon bras, contre mon poignet d'or.

Ézéchiel se lève, regarde l'écume des morts qui flottent. Nul ne les ramasse plus depuis l'avant-veille – interdiction, police. Pourtant, ils sont plus rares, cette nuit, clairsemés.

Mammon a commencé son travail, elle se gave. Elle nous recherche.

Il dit : – Encore quelques jours, et elle les aura tous mangés.

Je dis : – Encore quelques nuits et nous aurons mangé tous les appâts...

Les quatre derniers chevreaux, blanc et noir, bêlent, attachés par un licol à l'échelle de fer.

— Qu'est-ce qu'on chasse, Ézéchiel ?

Il rit.

*

Nous mangeons et buvons. Nous rions, parfois.

La nuit est noire, le ciel, le lac comme un marbre mat. Nul reflet et nuls astres. Nous avons éteint le fanal du bateau. L'air de nuit charrie les dernières neiges d'altitude, lueurs sur la rive montagneuse ; il mord nos joues brûlantes.

Ses yeux ont chaviré depuis longtemps, la pellicule vitreuse, brillante, de l'alcool luit aux dernières braises dans le tonneau coupé. Son visage a trouvé la douceur de l'ivresse. Le jus du chevreau coule sur nos lèvres.

Quelquefois, l'un des corps dérivant vient heurter la coque, d'un bruit sourd. L'un de nous se lève pour voir ce que le mort demande.

Quatrième jour. Plein soleil.

Quand on a quitté la rive, on cesse de voir le fond, la vase claire, les algues. Au large, il n'y a plus rien qu'on sache des profondeurs. Il y a la surface qui reflète le ciel, comme si elle entendait dissimuler la fosse.

Les corps remontent, dérivent. Une poignée d'entre eux voguent, non loin ; elle va venir les prendre. Mammon vient.

L'entends-tu, Ismaëlle ?

J'attends son sale mufle.

Des avions nous survolent. Des vedettes, des zodiacs de la police croisent. Encore moins de morts. Presque plus rien ne flotte – la Bête les mange, dit Ézéchiel, avant qu'ils remontent. La fumée noire et lourde monte toujours, sur la rive, là où ils rassemblaient les cadavres. Il en reste à brûler : fumée grasse, des poussières fines, sales comme une pluie de charbon.

Ézéchiel est assis à l'arrière du bateau, sur la plateforme pour les skieurs nautiques. Torse nu, il guette la surface. Son couteau de chasseur en sautoir sur son torse. J'ai vu sur sa peau des estafilades, des cicatrices, les blessures de ses guerres. Elles sont blanches. Ses deux jambes sont plongées dans le lac.

Plein soleil.

> *L'eau froide de printemps emprisonne mes jambes. Le soleil tape. La peau, les os. Un sang rouge et vivant remonte dans mes genoux. Mes chevilles disparaissent sous la peau bleue du lac, métallique, elle se moire d'ombres, d'éclats.*
>
> *Du dessous, les animaux me voient, en ombres…*
>
> *Mon sang a commencé de battre dans mon dos.*

Une risée fait frissonner un instant la surface. L'air mord la peau.

Ézéchiel se lève, il quitte son pantalon. Il est nu, entièrement.

Je le vois, sculptural : son dos, ses jambes, ses fesses.

Je me lève, stupéfaite.

Il plonge.

Eau bleue.

Je plonge vers la vase.

Trois cents mètres de fond ? J'ai les yeux grands ouverts.

L'eau, toujours plus noire.

Le rouge m'emplit. Le réseau. Chaque cheveu de sang qui rougit, et bat. Mes tempes. L'air commence à brûler. Lèvres serrées. La vie veut s'échapper, les fins filets de bulles.

Plongée, loin, très loin, entre vase et surface. Profond. Si profond.

Je me contorsionne, dans l'eau, comme les crocodiles.

Mammon, me vois-tu ?

Les rayons de soleil loin au-dessus de moi. Chaque fil de lumière se dissipe dans l'eau, on voit chaque rayon mourir à l'œil nu.

Quelques silhouettes humaines dérivent à la surface, troncs noirs, viandes inertes.

Une morte, très loin, remonte de la vase. Les algues de ses cheveux et son corps très blanc, bras tordus, font de muettes, silencieuses psalmodies, pendant son ascension.

Cela brûle dans toute la largeur de mon torse, comme un étau. Deux autres hoquets de bulles. Remonter, remonter maintenant... Boire de l'air.

*

Son crâne jaillit en obus, et ses grands bras battoirs, à cinquante mètres à tribord. Il secoue sa grosse tête, un chien qui s'ébroue. Des milliers de gouttelettes volent autour de lui dans le soleil neuf.

Je ris. Je bats l'eau de mes énormes mains.

Tu nages. Tu m'entends. D'instinct, ton groin d'hyène s'est tourné vers moi.

Ta queue bat.

Combien de temps est-il ainsi demeuré sous les eaux ? Combien ?

La rosée luit sur ses épaules, sa nuque. Des éclats de soleil dans chaque gouttelette.

Le bruit t'aimante. Te guide.
Tout ton corps s'est cabré, Mammon.
Tu prends de la vitesse à chaque coup de queue.
Je bats l'eau. Viens !
Je nage. Je suis le seul vivant à nager sur les eaux.

Viens ! Viens vers moi !
Les rayons du soleil jouent sur ton dos – des ombres et des lumières.
Tu arrives.

*

Ézéchiel disparaît, de nouveau, sous la surface.
Je quitte mes vêtements. Nue sous le soleil, je frissonne. Puis sans réfléchir, je cours vers la plate-forme, une planche d'élan, et je plonge.

L'eau est froide à me couper le souffle.

*

Ismaëlle, quelle folie !

*

Je viens. Pour toi. Enfin. Comme un poisson, une sirène, un miracle.

Tu sors de la nuée de bulles qui te nimbaient.
Ce corps blanc fuselé encore par le plongeon.
Et vers moi, tu ondules.

Belle, lisse, blanche, éclairée par les soleils qui traversent ce miroir.

Ils dessinent à travers la surface des ombres et des lumières sur ta peau, comme sur un poisson pélagique. Ton dos, sa cambrure, tes cheveux, tes fesses, tes jambes. Déliées.

Elles battent comme on danse.

Je viens.

La rondeur de tes fesses.

Me voici.

Tu es presque à toucher, sous l'eau, autour de moi. Tu danses.

Tu nages. Tu ris sous l'eau. Je te vois.

Je dois...

Tu écarquilles les yeux, chaque rire lâche des bulles. Tu ne gardes rien pour toi. Je vois ton ventre blanc. Tes seins qui pointent. L'ombre de ta toison. Tu écartes les bras, les jambes, pour nager dans les fines bulles d'air, champagne autour de nous.

L'eau froide est une fête. On dirait que tu danses.

Pour se tenir ainsi, entre vase et surface, dans les trois dimensions, il faut danser.

Je te vois, tu es nu : la lumière sur ton corps, aquatique, puissant, immense ; ton sexe comme un poisson ; nous allons nous étreindre, danser dans l'eau une ronde, à mains serrées, à s'embrasser, à...

*

Tu me tournes le dos.

Tu remontes, jambes battantes.

Tu nages vers le bateau. Tu as la puissance d'une bielle, d'une roue à aubes, d'un moulin, et c'est pour me fuir.

Elle vient, maintenant

Ézéchiel attend sur la plate-forme arrière.
Il a enfilé un pantalon. Il n'est plus nu ni beau.
Moi, je ne voulais que danser avec lui.

*

Quand je reviens finalement, il s'agenouille sur la plate-forme arrière, me tend la main :

— Remonte. Remonte vite à bord, Ismaëlle.

— Je veux nager. Viens, toi ! Viens nager avec moi…

— Vite… Elle arrive. Mammon.

Il me hisse d'un geste, sans effort. Je jaillis hors de l'eau, à pieds joints sur la plate-forme.

Il me jette une serviette, détourne le regard.

— Couvre-toi.

Je me tourne vers le lac en me cachant le corps. Chat mouillé.

Il n'a pas voulu danser.

J'ai si honte d'être nue.

Sous la surface, une ombre – est-ce Mammon ? Un éclat du soleil, en surface ?

— Ne joue pas avec moi, dit-il. Ne joue pas avec elle. Nous, nous ne jouons pas.

Visage dans la serviette, mes cheveux trempés, dans mon dos, froids, lourds, collants, ressemblent à du varech.

Deux heures ont passé, silencieuses, chacun dans son silence ; ruminant mon dépit, ma colère, son exil – et ce mur entre nous. Séparés.

Et soudain :

— Elle est là !

Depuis le poste de pilotage, j'ai crié. Ézéchiel se précipite à la rambarde.

La guerre

Elle n'est qu'une ombre d'abord. Nous la voyons glisser.

Deux corps qui flottaient, enlacés, disparaissent quand elle passe sous eux ; happés vers le fond, dirait-on, sans une trace. Énorme, elle chasse l'eau devant elle, un bourrelet de vague, renflement d'alumine. Son dos, immense, sombre, d'un brun presque noir et tacheté de noir, glisse à quelques centimètres sous la surface, sans nageoire dorsale.

Elle n'a pas cette faucille qui prévient quand elle vient, comme celle d'un requin.

Elle est plus silencieuse, inéluctable.

*

Je dégringole vers la cale.

Quand je remonte, avec dans les bras six épieux, Ézéchiel me retient, main tendue.

— Attends. Je la regarde…

Tu happes encore deux corps, on dirait que ton dos est une peau, celle des pachydermes, pas d'écailles ni cuirasse.

Ta queue en un battement te propulse vers nous.

Tu es à trois mètres. Tu en mesures quinze, au bas mot.

Pas un remous. Silence.

Elle fonce droit sur le *cabin cruiser*. Nos mains s'accrochent, nos dos anticipent.

Un choc. Comme un récif.

Le bateau gîte et tangue sous le coup.

J'entraperçois sa gueule essayer de mâcher la fibre de la coque, ses grosses lèvres gonflées de mérou ; son œil noir sans pupille.

*

Elle plonge.

Elle a sondé.

— La salope, elle a croqué la coque !

Les chevreaux bêlent, ayant flairé le loup. Je saisis le fusil d'assaut d'Ézéchiel que nous avions glissé le long de l'escalier.

— Si elle remonte droit sur nous...

— On explose, oui, dit-il.

Il montre vers tribord :

— Elle est là, maintenant.

*

À vingt mètres, un cadavre à la dérive disparaît comme le ferait le bouchon d'une ligne.

Ta faim, inextinguible, comme un cancer, une fosse.

Je ne m'attendais pas à ce que tu sois si grosse.

Jamais tu n'arrêteras. Jamais.

Il n'y aura pas assez de tous les morts du lac, et de tous ceux qui dorment encore dans la vase, que la vase arrache tous les jours aux coffres, pour t'emplir. Jamais de satiété.

— Tu veux pêcher ça, Ézéchiel ? Tu as vu sa taille ?

— C'est la roulette russe, hu ? Hu hu hu...

Il rit silencieusement, cette fois, un rire grinçant, métallique.

Elle revient trois fois, durant le jour. Tourne autour du *Pequod.* Deux ou trois morts, happés, disparaissent, elle les avale d'un coup sans prendre même le temps de les secouer un peu, de les déchiqueter. Elle ne s'approche plus.

À chaque fois, elle sonde, on aperçoit les remous de son grand coup de queue pour descendre vers le fond brutalement, sans raison.

*

Ta puissance immense, il suffit d'un simple mouvement dans ton corps rigide. Un coup de queue t'envoie vers ta faim ou l'abysse.

Tu parais, tu écumes, puis tu sondes ; tu reparais ; tu joues avec notre effroi.

*

Nous avons jeté l'ancre. J'ai éteint le moteur pour ne pas l'inquiéter.

Nous balançons par-dessus bord un chevreau, attaché au bout d'un câble : ses mouvements, pense-t-on, attireront Mammon.

Le chevreau bêle, à cœur fendre, il nage maladroitement.

Nous le remontons avant qu'il se noie.

— Patience, dit Ézéchiel. Elle reviendra.

— Elle est là.

Ézéchiel, sur la plate-forme de commande, montre vers l'ouest, à trente mètres : elle vient depuis le couchant.

Le jour décline, elle est à contre-jour. Deux corps plongent.

Un autre, à quinze mètres, vers l'arrière du bateau. Elle nous contourne...

Ta puissance n'est rien...

Ta puissance ne compte pas, je n'y crois plus, Mammon.

Le bateau des flics, une petite vedette, est à plus de cent mètres à l'est, tanguant sur l'eau. Ils sont cinq dessus.

— Fuyez !

— Fuyez ! Fuyez la Bête !

Nos mains en porte-voix. Nous hurlons. Trop loin pour qu'ils entendent. Trop tard pour les rejoindre.

Les militaires-pêcheurs ne nous entendent pas. Ils sont en train d'appâter, des grappins plantés dans des cadavres, pour l'hameçonner, elle.

Elle fonce droit sur eux.

*

Tu te jettes sur l'embarcation.

Tu engages dans ce bond tout le haut de ton corps, peau épaisse, graisseuse, mufle noir, une sorte de groin mammifère, des plissements de peau. Les lèvres charnues claquent, dents enfouies.

Tu mets le bateau en pièces.

En pièces.

Tes mouvements, ruades. Deux grandes nageoires ventrales, épaisses, larges, terminées par des moignons de main comme ont les otaries. Tu te cabres et te tords, raide, une colonne vertébrale sûrement rigide, taillée pour la vitesse. Tu écrases la vedette.

Tu te laisses glisser, sautes, retombes, te laisses disparaître de nouveau sous la surface...

Tu y reviens. Encore. Encore.

Gerbes d'écume, à chaque bond. Bouillonnement, hurlements.

Trois survivants nagent encore à la surface.

Puis ils disparaissent, un par un, aspirés.

Il ne reste plus rien, un peu de bois flotté, des débris. Quelques morceaux d'épave et de résine.

Tu sondes.

Tu disparais.

Tu as tout pris. Tout.

Cinquième nuit. Des dizaines de chasseurs d'acier se croisent, griffent le ciel. Le lac est une flaque grise. Les vents courent sur lui comme font les esprits. Les vagues n'écument pas. Les vents se contredisent. La pluie bat les eaux. Pas de couleur, au ciel.

Les avions tournent, et tournent. D'autres rasent les flots.

Ils recherchent ton ombre.

Mes nerfs tressaillent. Dans leurs souffles, les chasseurs avalent l'air, hurlent, soulèvent la surface. La vie s'est figée, les chasseurs la lacèrent.

Ton ombre sous les eaux ; les vois-tu, devines-tu ? Leurs affûts, leurs cercles de rapace pour épuiser une zone, puis ils en cerclent une autre... Le sais-tu ?

Est-ce que tu ris déjà ? À les entendre faire hurler leurs réacteurs, lâcher leurs têtes chercheuses, espérant te forcer, se venger ?

Manges-tu, faim immense, même leurs munitions, l'uranium appauvri ?

Les pilotes ne voient rien, ils survolent : ils ne savent que leurs ombres, leurs ailes sur nos collines, leurs ailes sur nos montagnes, sur nos forêts, nos champs ; leurs ailes sur le lac. Sur les visières noires de leurs casques, des centaines de chiffres, données, cadrans, écrans, défilent. Dans leurs serres à vérins, dans leurs griffes d'acier, les bombes à tête chercheuse.

Te voient-ils nager, sur leurs satellites ? Es-tu rouge, de chaleur ?

Quelle chaleur dégages-tu, Mammon qui fais tout disparaître ?

Une volée de drones rase les vagues. Gerfauts. Le charnier ? La fosse du lac.

Vos chiens d'assaut.

En bas, la fosse pleine, la baignoire d'eau grise, vous y creusez des trous de vos têtes chercheuses. Fosses au fond de la fosse.

Ils reniflent. Ils reniflent. Ils flairent ta chaleur. Ton sang rouge comme le mien – ton sang et tes vaisseaux, tout ton corps est vivant.

Sur la couche de nuages, d'autres avions, énormes, bourrés d'électronique aux paraboles tournantes – ceux-là coordonnent, codent, et les chasseurs tapotent leurs claviers, rectifient, avant de presser de nouveau le bouton, pour les missiles...

Quand ils t'auront calée, verrouillée, comme on cale au milieu la bulle du niveau, ils lanceront leurs têtes, intelligentes, chercheuses. Le pouce ganté bouge sur le joystick, presse le bouton rouge, à mi-course, puis à fond.

Ils pensent que ça suffit, un mouvement du pouce.

En bas la fosse crevée. La surface crevée, des trous dans l'eau, des ronds, ondes de choc, puis l'eau recouvre tout. Lisse comme le marbre.

— Elle vient ! crie Ézéchiel. Elle vient sur nous !

— Va dans la cabine, Ismaëlle…

— Je reste si tu restes !

— Elle vient vers nous !

Les hélicos convergent. Les tirs se rapprochent.

— Elle va passer sous nous, se glisser sous la coque. Se servir de nous comme d'un bouclier. Abrite-toi, Ismaëlle !

Une lame d'écume s'affale sur le pont. Comme une tempête. Une autre.

On s'accroche.

Les missiles font des trous dans l'eau autour de nous. Le lac crépite. Les missiles créent des montagnes, elles s'abattent sur nous. Nous sommes à l'épicentre, au milieu de la guerre. Une bombe plonge à deux mètres du bateau.

Je hurle. Ézéchiel crie, à quelques centimètres de mon visage :

— Va te cacher, Ismaëlle !

La montagne d'eau me gifle, m'emporte presque. Je me relève.

Une autre s'écroule déjà.

Je tombe à genoux. La vague m'emporte. Je glisse vers la plate-forme arrière, vers le lac, la fosse. Je me noie…

Ézéchiel me rattrape, par mes vêtements.

*

Nous sommes dans les phares des hélicoptères. Les mitrailleuses. Des milliers de douilles dégringolent, depuis les hélicos, sur nous. J'entends le sifflement du missile suivant. Je vois la fosse s'ouvrir, quand la tête éclate. Un trou noir dans l'eau. Mille trous, mille fosses.

Le *cabin cruiser* pique du nez. L'eau joue avec nous, le lac nous soulève sur son dos, nous entraîne. Un naufrage, le *Pequod*…

Le fond.

— Une fosse ! Une fosse dans la fosse !

J'ai hurlé. Je suis folle.

Ézéchiel m'attrape par les épaules.

— Ismaëlle ! Ismaëlle ! Va t'abriter, Bon Dieu !

— Une fosse pour nous, sous nos pieds !

Je suis folle. Nous plongeons, comme un jouet secoué dans la baignoire de Dieu. Vers l'abîme. Mes yeux deviennent blancs. Je tombe sur mes genoux.

— Ismaëlle !

Il me gifle. Il me prend dans ses bras. Il me couvre, me protège de son corps… Il m'embrasse, m'enferme, me cache dans ses bras. Je perds toute conscience.

Cessez le feu !

J'ouvre les yeux. Sous une sorte de pluie. La montagne d'eau retombe, en gouttelettes, encore longtemps après.

Nous gîtons et tanguons, toujours.

Les hélicos s'éloignent. Les avions s'éloignent.

Les missiles tombent ailleurs, là où elle est partie...

Je suis allongée sur le pont. Ézéchiel se penche sur moi.

Je suis trempée, j'ai froid. De l'eau froide plein le ventre. Je voudrais qu'il m'embrasse. Un chasseur décrit un large cercle, vient raser la surface. Le trou noir, la tombe, s'est refermé sur elle. Mes nerfs courent sous ma peau comme l'électricité.

Je pleure, j'ai pleuré, j'ai des larmes dans ma bouche, mes yeux sont trempés, eau salée, amère comme l'océan fermé sur le *Pequod*.

— Te voilà de retour, Ismaëlle. De retour parmi nous, les vivants et les morts.

Des mitrailleuses crépitent, loin, loin vers le couchant. Je voudrais qu'il m'embrasse, qu'il me berce, me console. Je me tourne vers lui :

— Y en a plusieurs, où ils la ratent à chaque fois, ces connards ?

Les vitres de la cabine ouvrent sur l'obscurité.

Nous nous sommes réfugiés, dans nos vêtements secs. Assis autour de la table à cartes. Face à face.

— À quoi joue-t-on, Ézéchiel ?

— On ne joue pas. Elle joue. Elle se cache sous nous.

La nuit est tombée, sans même le crépuscule : les puissances des ténèbres se livrent, déchaînées, les zébrures, le feu des avions croise et continue. Leur vacarme bée au-dessus de nos têtes dans l'air tiède. Les tueurs volent. Des tirs, réguliers. Quelquefois, on entend le battement brutal des pales d'hélicoptères. Ils avancent par deux. Quand ils nous survolent, les gros phares ronds et blancs de leurs projecteurs pénètrent dans la cabine à travers les fenêtres ; nos visages sont sinistres, un instant, chaque os comme une arête, chaque angle couvert d'ombres ; puis ils s'éloignent.

— Tu crois qu'ils vont l'avoir, Mammon ?

Il secoue la tête, regarde son verre vide, l'incline. Je le sers.

— Tu crois qu'ils vont tirer pendant longtemps ? Trois jours, trois semaines, trois mois... Trois putains d'années ? Merde !

Ézéchiel boit son verre, cul sec, se ressert d'un trait l'alcool blanc, puis me regarde.

— Mammon ne se tue pas du ciel. Ils peuvent lancer leurs têtes, et hacher la surface, cela ne sert à rien...

Un autre rapace fond, appel d'air, ailes d'acier. Ézéchiel hausse la voix :

— Ils doivent lui fendre le ventre, descendre au corps à corps, patauger dans le sang.

Le fuselage de dogue du chasseur craque, juste au-dessus de nous, comme s'il allait se briser, net, sous la vitesse. Ézéchiel crie, voix pâteuse d'alcool, pour le couvrir.

— Ils vont devoir plonger, le couteau dans une main, une ceinture aux reins, sans rien d'autres ; et elle les dévorera, comme elle mange tous les corps.

— Toi, comment tu crois que tu peux la crever ?

*

La puissance de l'ivresse, l'alcool qui réchauffe, qui court. Le sang bat, poignet gauche, sous le bracelet d'or.

Maman, je t'ai mâchée, dévorée en ton sein, et maintenant c'est toi qui m'occupes. Maman.

J'ai étreint Ismaëlle. Dans mes bras. C'était pour la sauver.

Tu nous protèges de moi, n'est-ce pas, maman ?

C'est en nous

Il se met à pleurer. Il est saoul. Il murmure :

— Mammon sait que je suis là pour elle, pour la fendre. Elle a voulu nous tuer, tout à l'heure, en se glissant sous nous.

— Elle pourrait nous balayer d'un coup de queue.

— Non, elle me craint. Dans l'eau, elle me redoute… Tu te souviens, les crocodiles ?

— Et toi, tu la redoutes ?

— Haw haw haw. Haw haw haw…

Alcool, alcool poisseux, fort, déchirant en bouche, dans les tuyaux de veines, eau de vie, tout brûle sur ton passage, le froid et la fatigue qui se sont déposés dans les veines, sédiments.

Tu me brûles. Mon regard s'embrume, mon œil perce.

— Sais-tu de quoi j'ai peur ? Viens voir…
Viens, Ismaëlle… Voir dehors…

Le lac noir. Le ciel noir. Noires, les rives, couronnées de montagnes.

L'alcool au bracelet, bam, bam, le sang bat, depuis la pompe du cœur, il cogne au bracelet comme l'eau sur la digue, sac et ressac, et sac, flux, reflux, la vie coule dans le sang, ma mère...

— Regarde, Ismaëlle...

Accrochés à la lisse, les lumières des chasseurs passent au-dessus de nous. Je lui montre :

— Regarde...

Les lumières sur les rives s'éteignent ; la hauteur de Lausanne monte sur la colline ; des milliers de lumières dont l'éclat baisse, au cœur des ténèbres, des milliers, lampadaires, halogènes pour éclairer les rues, phares de plus en plus rares : des traînées blanches à diode et des traînées de sang, le cul des véhicules ; et les écrans blafards, bleus, les télés et les ordinateurs personnels ; et le long des fenêtres, les veilleuses des lampes de chevet s'allument, des infirmiers se lèvent pour aller essuyer le front des grands malades, draps trempés de sueur ; eux quittent tout.

Et dans les profondeurs, derrière les baies vitrées fumées, opaques, les milliers d'écrans qui lancent des ordres de bourse et ne s'éteignent jamais.

— Tu te souviens ? Les fenêtres éclairées que je t'avais montrées, les écrans allumés, chaque nuit, leur sommeil d'innocence ? Dans chaque lit de

> *chaque maison pleine, ras la gueule, jusqu'aux tuiles du toit ? Comprends-tu, maintenant, ce que tu as vu ? Mammon ?*

Où veut-il en venir ?

> — *Entends-tu ce silence ?*

Oui, il me semble.

J'entends crisser les lueurs vertes, le cri du silicium, les mains sur les claviers ; et la respiration régulière des dormeurs.

— Tu voulais savoir ce qui m'effraie le plus ? J'ai peur de nos villes, quand je vois chaque lumière, chaque vie. Chaque ventre.

Trois chasseurs passent en formation serrée, juste au-dessus de nous. Mes nerfs jouent encore sous la peau.

— Haw haw haw... Haw haw ! Vos avions, vos avions, ils vous gardent de quoi ? De quoi exactement ?

— Regarde, Ismaëlle. Mammon n'est pas dans l'eau, elle est dans chaque ventre. Le Greed, *l'avidité, se tord dans tous les reins. Qu'elle ordonne qu'on possède, et chacun possédera. C'est en nous. Possédés.*

Il se tourne vers la ville, de nouveau : la rive noire, les lumières.

C'est cela qu'il voit, par-delà la vision – c'est cela ? Que dois-je voir ?

Il se frappe la poitrine.

Elle se cabre dans mon âme, à ce coup ; Mammon.

— C'est en moi, en chacun... La mort, le pouvoir, la grande Avidité... Elle garde quelques-uns d'entre nous éveillés, les autres vont s'endormir. Mais ça ne change rien.

Penché sur la lisse, presque jeté vers eux, comme un chien d'attaque, il aboie :

— Vous dormez ? Vous dormez ? Pendant que l'on bombarde ? Vous êtes innocents ?

Il se tourne vers moi, il me montre la ville qui bientôt s'éteindra.

— Ils dorment !

Il rit et pleure.

— Ils dorment.

Je crois qu'il va hurler ; il murmure.

— Ils dorment... Ils n'entendent pas. Ils dorment.

— Mais ça ne change rien. Qu'ils dorment ou qu'ils veillent... Mammon nage.

Mains si blanches, innocentes, ils dorment. Dans leurs rêves, Mammon leur murmure : des ordres, des convoitises, à l'oreille. Elle tourne, se contorsionne ; aquatique, sa peau luisante d'eau, sa nageoire dorsale, sa queue reptilienne... Vicieuse comme un serpent logé au creux des reins.

Sur son gros visage enfantin, dans le blanc presque jaune de ses yeux, je lis l'effroi.

*

— Les ténias... Tu connais les ténias, Ismaëlle ? Tu sais ce qu'ils font, les vers solitaires ?

J'opine du front, lentement. Où veut-il en venir ?

— Ils t'occupent. Ils te creusent. Ils aiguisent ta faim, ton appétit, le *Greed*. Et si tu en avais un ? Il faudrait que tu restes la bouche grande ouverte, des jours, des jours entiers, accroupie devant un bol de lait ou de sang tiède, pour que le ténia sorte... Quand il aurait flairé, quand il serait sorti, quand dans un hoquet tu aurais craché sa tête et son cou, il faudrait que tu tires, et tires, et tires, le déroules, en serrant fermement juste derrière le cou, pour amener le ventre, et les milliers de griffes qu'il a plantées partout dans ton ventre, comme des griffes de lierre au fond de tes boyaux, le long de tes muqueuses... Et quand tu aurais enfin amené tout le ventre, enroulé ses anneaux autour de ton coude, quand tu tirerais le bout du bout de queue, frémissante, tu la jetterais, tu piétinerais l'animal, tu écraserais sa tête du talon, et il ne mordrait pas.

Poursuivi par une queue en soubresauts, dont les nerfs s'éteignent, il ressemblerait à une tache de sang frais sur le ciment du sol.

— Haw haw haw ! Comprends-tu ?
(Je ris parce que j'ai peur.)

De quoi me parle-t-il ?

— Mammon, l'ai-je tuée en moi ? L'ai-je tuée, Ismaëlle ?

Il frappe sa poitrine.

— C'est en nous. C'est là, putain, c'est blotti, ça demande qu'à sortir. C'est là. Ça griffe. Ismaëlle...

Je ris parce que j'ai peur.

Sommes-nous tous ainsi, habités par des monstres ?
Sommes-nous encore des hommes et des femmes ?
Sommes-nous pires que cela ou simplement cela ?

Je ne comprends pas tout.

J'entends cette assurance que la sauvagerie peut reprendre cette nuit ; elle n'a jamais cessé, elle est tapie en nous.

Il se frappe la poitrine.

J'écarquille les yeux.

Et en voyant nos villes, pour la première fois, je vois. Des écailles tombent, elles font un petit bruit en roulant sur le pont. Les lueurs verdâtres des écrans, les lueurs d'incendie qui couvent. L'entreprise de pillage, même pendant la paix. Les cris qui montent des tombeaux et des coffres. Les corps qui se prennent, se possèdent, s'endorment. Des ventres, des ventres qui veulent encore s'emplir, sans cesse.

Les villes m'effraieront, désormais. Je verrai comme lui, à nu, la vérité des hommes.

*

Mes nerfs se sont tus.

Les yeux lavés de larmes, je frissonne.

— Tu as froid, Ismaëlle ?

— Ézéchiel... Pourquoi ne veux-tu pas me prendre dans tes bras ?

Faire l'amour

— Ce matin, je t'ai rejoint dans l'eau. Tu étais beau. J'étais belle. Pourquoi m'as-tu fuie ?

Il se tait.

— Pourquoi ne m'aimes-tu pas, Ézéchiel, comme je t'aime ?

Il rit, un rire faux.

> *— Non coupables, vous rêvez ! Vous avez remonté vos draps sur vos mentons, vous dormez deux à deux, vous vous êtes accouplés. Vous vous êtes possédés, vous êtes pris. Vos désirs furent des ordres. Innocents !*

— Tais-toi, Chrysostome. Réponds-moi, Ézéchiel. Pourquoi ne m'aimes-tu pas ?

> *— Sais-tu ce que les hommes font aux femmes, quand ils les prennent ?*

Mammon rue, sa queue cingle, donne des coups, dans mon ventre. Comprends-tu, Ismaëlle ?

Le chien de guerre, en moi, c'est moi qui le retiens. Je tiens ma laisse courte, serrée. Dressé sur mes pattes, étranglé par ma main. Quand j'ai décidé, quand je monte au combat, sur mes ordres, je me lâche...

Mais le reste du temps, j'aboie, je ne lâche pas. Comprends-tu ?

Je secoue la tête. Non, je ne comprends pas. Où veut-il en venir ?

Que dit-il ? Quel effroi ?

— *Les femmes (et Ismaëlle, parmi elles, toi qui es comme un miracle), que leur prendrais-je, si rien ne me retient ?*

Je regarde la ville. Les cristaux digitaux qui fument dans la nuit. Je regarde les avions au-dessus de la fosse. Là où nage Mammon. Le corps d'Ézéchiel. Le visage de l'Ogre sur ses traits effrayés. Sa distance avec moi. Sa peur de me voir nue. Ma honte. Ses récits. Le ventre de Mammon. Son refus de m'étreindre.

Et alors, je comprends.

Il agite son bracelet, ça cogne contre la lisse : une douleur pour se souvenir qu'il est un homme, un fils.

— Les femmes, quand elles s'offrent, tu as peur de les mordre ?

Baiser, baisers, mais j'ai peur de les mordre, les dévorer vivantes... J'ai vu les femmes mortes, les femmes éventrées, les femmes déchirées, prises, occupées.

— J'ai vu ce que j'ai fait.

— Qu'as-tu fait ? Tu les as prises contre leur gré ?

Non, pas moi. Pas moi. Je te le jure, Ismaëlle.
Moi, je gardais leurs manteaux.
Je suis juste un complice, juste un garde-manteaux.

— ... tu les as tuées, violées ?

— Non, je ne l'ai pas fait. Je te jure.

Mais je me souviens. Les femmes, les jeunes filles de mon adolescence, leur confiance folle, quand nous nous étreignions, elles rejetaient leurs gorges, leurs longues gorges lisses, en arrière, yeux mi-clos, comme on meurt – comme on prépare l'agneau avant de l'égorger.

Et moi, je les prenais.

Et mes compagnons d'armes, ils ont pris leurs victimes. Possédé(e)s. Et mon père, en ma mère, un Ogre colonial.

Est-ce le même désir ? La même convoitise ? En nous tous ?

Est-ce le même appétit qui vous mène vous aussi, derrière vos écrans, quand vous ne dormez pas ? Des femmes. Des tombereaux de femmes et de pornographie, derrière des écrans. Blanchies. Greed, greed… *Le mot roule dans nos bouches, dans nos ventres. Tous, sur tous les théâtres, nous prenons.*

— Les femmes le savent bien, Ismaëlle… Quand nous les embrassons, même lorsqu'elles y consentent, nos bouches peuvent mordre. Alors, poser mes mains sur toi… Ce serait… Une folie.

Il rit. Il pleure. Il s'est laissé tomber contre la lisse du pont. Prostré.

Comme un enfant battu, il me regarde, caché derrière ses bras.

Je l'effraie. Il redoute ce qu'il voit – et ce qu'il pourrait faire. Mammon l'effraie en lui, quand il me regarde.

Je suis ce fruit gorgé, lourd, débordant, désirable et tentant. Une rosée sur ma peau. La connaissance.

Celle du bien et du mal. Il ne peut m'embrasser dans le cou, sur ma gorge, mordre. Il craint trop cette ivresse. Il perdrait toute raison.

Alors, que ferait-il ?

Il me dévorerait ?

— Les femmes, elles ne sont meilleures ni pires que les hommes, Ézéchiel. Elles font des proies, c'est vrai...

— *Haw haw haw...*

— ... elles font de bons bourreaux aussi. Elles convoitent, veulent l'être. Prendre et être prises. Emplies. Elles ont le *Greed* à l'âme...

Je suis plein de larmes, Ismaëlle.
Mais je ris.

— ... et elles sont des amantes, parfois. Par miracle. Des compagnes. Elles désirent, Ézéchiel, elles convoitent. Et elles aiment, comme vous. Elles s'offrent si elles veulent.

Je ris parce que je pleure.

Tu as serré ta laisse, si court, que tu t'étouffes.

Et si moi, j'essayais ? Si je me donnais, au lieu que tu me prennes ?

— *Haw haw haw...*

*

— Tais-toi. Maintenant.

Je couche une couverture sur le pont.

Je l'allonge sur le dos. Il se laisse faire, tout tremblant de sanglots. Peau nue contre la laine. Noué et dénoué.

Les bras le long du corps, un patient, un gisant, comme un mort en sursis.

— Tais-toi.

Je baise ses lèvres. Mes baisers sont timides, des morsures minuscules, des dépôts de silence.

— Tais-toi.

Immobile, pantelant, tremblant – est-ce l'air froid ? L'effroi ?

— Ne bouge pas. Tais-toi, surtout. Écoute.

Je me dévêts. Je suis, dans la nuit pâle, pâle comme une nouvelle lune.

Me vois-tu, Ézéchiel ? L'avais-tu oubliée, toute la joie du monde ?

Debout, au-dessus de toi, te regardant : toute la joie du monde. Et la malice, dans mes yeux qui brillent, deux astres dans la nuit. Je suis blanche comme la lune, comme les nuits qui jubilent. N'aie plus peur de la nuit, Ézéchiel.

Je viens.

Tes bras, tes muscles d'homme, tes épaules, l'odeur sur ta peau qui tremble, peut-être d'autre chose, maintenant – d'impatience, de stupeur, de merveilles ?

Mes mains glissent sur toi. Mes baisers sont sur toi.

Ta peau est douce, âcre, mate. Ta queue comme une bannière. Le sens-tu, qui s'agite, dans ton ventre, l'animal joyeux, qui rit ? L'âme ?

Tais-toi. Écoute-le.

Je suis nue et sur toi. Assise, te chevauchant. Vois-tu ma gorge, ainsi ? Je te l'offre.

Qu'y déposeras-tu, un baiser, une morsure ?

Et sens-tu mon bassin ?

Ne bouge pas, encore. Je bougerai pour deux. Tu ne me prends pas, je te happe, t'avale – je t'accueille. Et je m'offre. Tu ne me fais pas peur, sur toi, je n'ai pas peur.

J'ai peur, oui, mon cœur bat dans ma poitrine offerte ; c'est ma première fois, à aimer tellement. Mais pas peur de toi. Je veux que ce soit toi. Avec toi.

Tu es beau, Ézéchiel.

J'aime ce que je connais à l'intérieur de toi, qui ne me fait pas peur ; ton âme ; j'aime ce que j'accueille, en mon ventre. Ta queue brûlante.

Tu ne m'emplis pas, personne ne peut m'emplir. Mais tu combles.

Mes lèvres se posent sur toi. Ta bouche d'or. Mon ventre, vase, t'avale.

Ta chaleur, la mienne.

Tu pleures. Je pleure.

Comme un rire insolent, rauque, moqueur, jubilatoire, lancé contre Mammon. Adressé au ciel.

Les lumières sont éteintes, aux rives. Mammon a disparu, très loin sous la surface.

Les astres ont pâli, même la lune.

Nous sommes innocents pour une heure.

Je ris. Je ris parce que je ris.

Psaume du couchant

— Qui es-tu, Ismaëlle ? Où as-tu appris ça ?
— La joie ? Je ne sais pas...

D'où te vient cette sagesse ? Cette folie ?
Folie aux yeux des hommes...

— Je l'ai toujours su, il me semble. Tu crois que c'est possible ?
— Je ne sais pas, Ismaëlle... Ismaëlle...

L'aube. Sous les vols des avions, sous les couches de nuages, les villes s'allument aux deux rives, fragiles d'abord comme des lueurs.

Puis, d'autres les rejoignent. La longue file s'épaissit des phares sur les routes, depuis la rive française elle encercle le lac vers Lausanne et Genève – ceux-là viennent prendre l'argent blanchi, ils ne peuvent plus emprunter la route, directe, en ligne droite, en bateau, vers l'or.

L'eau bat le long des berges.

Et sous le niveau d'eau, des coffres enterrés bâillent sur le lac ; les cadavres en suintent, tandis qu'ils s'emplissent d'une vase rougeâtre.

Ceux qui savent dormir sur leurs deux oreilles, le drap sous le menton, les oreilles au repos, se lèvent.

Ils vont chercher leur tribut du jour, le dépenseront. Ils n'ont pas l'âme inquiète. Ils sacrifient au veau d'or. Ils livreront leurs danses à Mammon tout le jour.

Mais se sont-ils aimés, cette nuit ? Gratuitement ? Qui sait ?

Ils sont comme nous : le champ de la bataille.

Se tiennent-ils en laisse ?
Se donnent-ils ? Reçoivent-ils ?

*

C'est l'aube, l'heure des massacres au grand jour – l'heure des génocides. L'heure où les tueurs ne se cacheront pas pour tuer, où ils iront à visage découvert, de maison en maison, pour faire sortir les moutons qu'ils tondront aujourd'hui. Et vous, vous qui pensez ne tondre personne, vous quittez vos matelas, vous enjambez vos biens, vous sortez dans les rues pour en amasser d'autres. Je le sais. Mes yeux se sont ouverts, cette nuit, les écailles tombées ont roulé sur le pont du bateau, je les ai écrasées du talon, quelque part ; quelque part, des poussières d'écailles...

Vous vous êtes désirés, convoités ; mais vous vous êtes aimés, peut-être, et reçus cette nuit.

Sur les collines, aux deux rives, sur les contreforts des montagnes tranchantes, la courbe douce et ronde figure des hanches de femmes ; et leurs ventres, ventres pleins, ventres ronds, leurs ventres comme des mesures de farine, la coupe de leurs nombrils et le pli tendre à chacune de leurs hanches. Les collines, des femmes.

Et les hommes sont des chênes.

*

Le ballet des rapaces a repris, les pales des Walkyries au-dessus de nos têtes et le cri des tueurs. Sans cesse, le hachoir des mitrailleuses grêle la surface, et le sifflement tombe depuis vos serres, s'insinue sous la peau. Les têtes explosent et des trous gigantesques s'enfoncent sous la surface, cernés de vagues blanches, puis la surface revient se poser sur le trou.

Moins d'une minute après, il n'en reste plus de trace.

Nous dormons sur le pont, nus tous deux, enlacés l'un à l'autre, cachés sous une couverture. L'ivresse d'amour nocturne part lentement comme un voile se déchire ; la sueur sèche sur la peau ; le froid se pose, il durcit nos dermes, mord nos chairs, nos moelles d'os.

Ézéchiel dort.

Quand il ouvre les yeux, c'est pour me sourire.

*

Nus dès le réveil, nous plongeons dans le lac. Il n'est que pour nous. Plus un bateau d'écumeur, depuis cinq jours ; plus une vedette, un zodiac, depuis hier. Plus de Mammon. Rien.

Pour nous est sa fraîcheur…

Des écueils de vase luisante apparaissent sur les rives. Des îlots se forment, partout, sur la surface du lac, archipels sur la peau de miroir du lac. Nous nageons côte à côte, riant, innocents comme aux îles lointaines les sauvages. L'eau est transparente, bleue lagon, froide glace. Nos corps sont durs. Nos corps sont nus et nous n'avons pas honte. Nous ne connaissons plus le bien du mal. Ézéchiel rit. Ézéchiel m'enlace. Je sens sa force, sa puissance. Enlacés, embrassés, il me soulève, presque tout émergée, brandie au-dessus des vaguelettes...

Il baise mon ventre, mes jambes. Nous rions.

Il pourrait me manger.

Puis, tout dégouttant de soleil, nous revenons au bateau et remontons. Quand nous sommes sur le pont, il n'a pas peur, me dévore. Je suis belle dans ses yeux. Ma peau blanche au soleil, irisée de lumière, mes cheveux d'or, mes jambes, mes seins, mes hanches trop étroites, l'or plus sombre, vieil or, sur ma toison...

Nous faisons l'amour, une autre fois, dans le secret de la cabine. C'est rieur, insouciant, plus turbulent aussi. Je jouis, deux fois, en remerciant, en priant, en murmurant ; en riant.

Peut-être me possède-t-il, cette fois. Je ne sais plus.

Je m'en fous.

Puis nous mangeons, à plein appétit, le dernier chevreau qu'il a mis à rôtir sur le feu. Il s'est assis sur un des deux transats du pont, nu jusqu'à la ceinture, son couteau autour du cou. Il boit une bière Primus.

Il s'essuie le menton puis dit :

— J'ai encore une faim d'ogre.

— Viens, alors.

Il me poursuit dans nos rires jusqu'à notre couche.

Encore.

La vase monte. La vase jaune, lisse, affleure en dix, en vingt endroits, elle crève la surface. Nous la voyons monter tout le jour, et le jour suivant ; on aperçoit ses plaques jaunes, luisantes, qui remplacent la peau, près des rives. Peut-être ont-ils ouvert grand toutes les vannes des barrages pour vider la fosse de son eau ? Peut-être leurs missiles et leurs têtes font-ils remonter toute la vase du fond, la boue pleine des morts ?

Toutes leurs immondices au plein jour. Au soleil. Exposées.

Nous nageons, encore, dans les trous d'eau transparente, faisons l'amour ; encore, jamais repus. Sans que cela suffise, et comblés toutefois. Sans convoitise, comme une action de grâces. Mammon se cache. Chrysostome se tait : Bouche d'Or, comme l'est le silence.

Le soleil décline vers sa couche, ellipse sur les montagnes poussiéreuses. L'orbe va vers le grand port de la banque, de phynance. Que n'allume-t-il un feu, un incendie de lave qui brûlerait toutes leurs cathédrales de finance, leurs yachts blancs, qui incendierait tout ce qu'ils possèdent, sur les deux rives ; qui ne laisserait rien dans leurs greniers, leurs caves, leurs coffres ? Et les hommes et les femmes iraient nus sur la terre, ils travailleraient ; ils deviendraient des chiens, des chiens de paix en meutes ; ils iraient de maison en maison, à la merci d'eux-mêmes, plus protégés par tout ce qu'ils possèdent et ce dont ils se couvrent. Ils nageraient nus dans l'eau fraîche avec ceux qu'ils aiment. Sauvages, ils resplendiraient.

Le disque gibbeux de la lune va monter dans le ciel, disque immense parfois, dont on voit les cratères ; disque au blanc craquelé.

Je ne crains plus la nuit.

Je la connais, j'ai vu la nuit des hommes, les rues barrées de pneus et de bois enflammés ;

les contrôles, les factions ; les patrouilles de civils en colère. J'ai vu les couvre-feux.

J'ai vu sur les barrages les fouilles, les miliciens, les mains avides relevant des mentons. Les hommes emplis d'alcool, yeux méchants, suant auprès des feux – les tris humains, « Tu passes », « Toi, tu restes par ici » ; et des frères se séparent, des amis s'enfuient, s'évanouissent dans le noir, le dos un peu plus rond ; deux ou trois restent pour mourir cette nuit.

Les coqs chantent.

J'ai vu les ramassages, les rafles. Les tris de vie et meurtres – quel pouvoir de Dieu se sont donné les hommes, pour s'arroger ce droit ?

Mais la nuit est blanche, elle est pour la joie, si je suis avec toi. Ismaëlle...

Le soleil se couche ; c'est pour ce soir.

Septième nuit.

Les rives sont lointaines, inaccessibles alors qu'elles paraissent à toucher. Notre quille, notre coque, enfoncées dans la vase, sont comme un crabe qui meurt et s'envase. Bientôt, le bateau se couchera, comme les bateaux s'échouent sur les grèves à la marée. Puis peut-être nous enfoncerons-nous lentement dans le limon, en des sables mouvants.

Les îles de boues jaunes ont gagné sur la peau.

Il ne reste que la vase sous le bateau. Et une grande flaque, deux kilomètres sur trois peut-être, comme un trou d'eau, juste au centre du lac, à l'endroit où il était le plus profond.

Bientôt, peut-être cette nuit, il ne restera rien.

Ézéchiel dit : – Leurs chasseurs viendront à l'aube pour brûler Mammon échouée sur la vase.

Ézéchiel dit : – Il n'y a plus de peau entre vases et ciel ; la fosse se déverse sur les pieds de Dieu. Dieu qui nous voit ; Dieu qui nous regarde ; Dieu qui te tais et qui attends que nous ayons bien tué, bien saigné, bien pleuré, bien hurlé vers toi, bien supplié, que dis-tu de cela ? Que dis-tu aux fantômes qui remontent vers toi ?

*

C'est l'heure de prier, il le fait tous les soirs. Vêpres. Crépuscule du soir.

Je descends un seau au bout d'une corde, il se contente de la coupe de ses mains. Agenouillé au ras de la vase, sur la plate-forme arrière, il puise, recueille le peu d'eau qui reste ; l'eau lustrale. La sentir sur nos peaux – comme des perles gelées qui coulent et se figent. Je m'en lave les bras, puis la face. Il s'ébroue seulement dans la coupe de ses mains, plusieurs fois.

L'eau glacée sur sa peau d'homme, de chien, l'eau de source, l'eau coulée des montagnes, fonte des dernières neiges, fraîche à la peau et fraîche dans la bouche.

L'eau de nos ablutions ne sert pas à laver, à purifier de rien, nous ne sommes pas sales. Nous ne sommes pas purs. Nous sommes impurs, des animaux humains.

Je commence ma prière. Je suis nègre et chrétien, de votre religion, celle qu'ont laissée vos pères et grands-pères sur les terres des esclaves et les terres de pillages – comme une bénédiction sur leurs meurtres et viols. Une fleur sur leurs brûlis.

Je suis noir.

Et je crois dans le Christ, dans le Dieu de pardon qu'on a jeté hors les murs, insulté, couvert de crachats. Nu, pendu au gibet.

Et je suis son larron, le Nègre à sa gauche, nu aussi, couvert des mêmes crachats, un chien jeté dehors ; l'assassin qui supplie pendu à ses côtés.

Il prie, à voix haute.

— Ô Christ, écoute ma prière de Nègre, en ce soir. Ton soleil disparaît, tu le vois comme moi ; le lac est devenu une flaque sans vie. Mais toi, tu marches sur la mort, ô Christ. Toi qui marches sur la fosse, sur les eaux, toi dont les pieds ne s'enfoncent pas dans la boue, ton cœur ne s'ouvre pas à l'appel de la fosse, ton ventre n'est pas bouffé par l'appel du *Greed*. Écoute ma prière, ô toi Christ des Nègres.

— Je te prie en ce soir où la boue a monté, en ce soir où leurs morts ont fini de crever la surface. Regarde toute cette vase, mon dieu, mon frère. Regarde ce qu'ils ont fait. Je te prie en ces jours où ils rendent leur culte à Mammon, où ils sacrifient au veau d'or, où ils se vautrent – *greed, greed.* Regarde cette fosse où se déversent leurs sépulcres blanchis.

— Je te prie et te supplie, ô toi Christ des Nègres, je viens tendre mes mains d'assassin vers le ciel. Accueille tous les fantômes, tous les êtres livides qui sortent de leurs terres comme le souffle s'exhale, apaise leurs pauvres âmes de revenants – et accepte aussi les dévots de la grande déesse Erzulie aux yeux rouges, et même les zombis et ceux qui rendent un culte aux croyances des vaudous. Accueille les fuyards, les dormants de nos fosses. Accepte nos absents.

— Et pour moi qui te prie, ô toi Christ des Nègres, pour moi, qui te supplie, accorde la colère. Endurcis ma fureur, enflamme mon sang, le sang rouge sous ma peau, rends-le redoutable ; affermis mon bras quand je frappe ; enivre mon courroux contre Mammon, et je n'aurai pas besoin de ma haine pour frapper.

Je serai le fléau, mon frère, mon dieu frère, dont tu n'as pas voulu pour toi-même.

Je serai l'arme, le gourdin, le cimeterre pour frapper et frapper la terre des animaux humains. Je serai ta justice, ton juge et ton bourreau. Fais de moi le bras vengeur, mon frère, toi qui ne te venges pas ; et je pourrai pointer mon doigt, mon arme sur le front de ceux qui te blasphèment. Ceux qui cèdent à la rapacité. Qui sont la proie de la fosse.

Fais de moi la colère. Ton chien resplendissant.

Ô Christ, toi qui marches sur la fosse, toi qui es la douceur pour le juste et même pour le méchant, fais de moi la colère.

Silence.

Je prie pour elle, ô Christ. Pour Ismaëlle. Parce qu'elle est un miracle, et qu'elle marche dans tes pas, face au soleil, sans peur de se brûler.

Elle n'a pas peur de moi. Elle n'a pas peur de nous. Toute ta joie est en elle.

Elle est d'une folle audace.

— Maintenant, ô toi Christ des Nègres, j'accueille ta bénédiction.

Il se signe, en présentant l'alcool. Il allume une cigarette, la fume jusqu'au fond des entrailles.

— Je suis ta cassolette, je suis ton encensoir.

J'inspire la fumée, je la laisse descendre et emplir les tuyaux, les entrailles, les organes et les sacs palpitants de mon ventre, tout ce qui vit dedans, tout ce qui se tord, et tout ce qui palpite, et tout ce qui fait la merde, et tout ce qui saignera quand ils m'auront saigné.

— Ma fumée monte vers toi, je serai le bras, le fléau, si tu durcis mon bras, si tu retiens mon ventre.

La fumée qui descend et descend au tréfonds dépose un voile gris sur mon sang rouge, elle enfume Mammon. Et alors je la crache ; puissamment, entièrement – l'encens qui monte vers Dieu, il monte des tréfonds ; du plus profond, mes entrailles –, et Jésus qui voit tout accueille cet encens, et il bénit mon ventre, pour que mon sang n'entende pas l'appel de la fosse, que mon âme ne se cabre plus, dans mes tripes ; et que jamais je ne cède à l'appel du lac, à la fièvre du sang – à l'appel du meurtre, à la rapacité.

Mon sang brûle ; l'ivresse.

Eau-de-vie.

— Et quand je faiblirai, bénis cette eau-de-vie, pour qu'elle m'apporte l'ardeur, pour qu'elle m'apporte l'oubli.

J'essuie le goulot du plat de paume. Je tends la bouteille à Ismaëlle, accroupie, pour qu'elle prie elle aussi. Elle sourit, sans tristesse, juste mélancolique ; elle refuse la bouteille en secouant la tête.

Je ne veux pas m'enivrer : je n'ai pas besoin de cœur à l'ouvrage, un feu au creux du ventre.

Sait-elle déjà qu'un enfant est en elle ?
Ismaëlle...

MES ÉPILOGUES

L'amour s'en va comme cette eau courante
L'amour s'en va
Comme la vie est lente
Et comme l'Espérance est violente

Guillaume Apollinaire, *Le Pont Mirabeau*

Toi et la Bête

Nous démontâmes à la masse, au marteau, à la tenaille la cabine du *cruiser*. Nous fîmes un bouquet de planches, une quarantaine ; puis nous montâmes de la cale les épieux de bois que nous avions taillés en pointe. Nous attendîmes le cœur de la nuit. La vase jaune gagnait. Nous voyions, à l'œil nu, la large flaque du centre étrécir. Il ne resta bientôt que la taille d'un lac d'altitude comme ceux qu'il y a dans le creux des cols, aux montagnes.

Nous entendîmes le bruit silencieux que fit, sur les rives, le peuple des revenants. Ils descendaient pour les ablutions de la nuit depuis les fosses où vous les aviez enfouis. Ils venaient boire dans les flaques d'eau pure qui restaient comme après une pluie. Au-dessus d'eux, les collines avaient les courbes rondes des hanches des femmes qui dorment, dans des draps blancs et frais, leurs amants contre elles, sans crainte du bourreau et sans s'appartenir.

Nous les vîmes remonter, humbles silhouettes noires et ossues, en glissant dans les herbes jusqu'aux fosses fraîches, de terre remuée, où vous les aviez mis.

Déjà piétinés, ils demeuraient. Ils n'oubliaient pas. Ils hanteraient des siècles, jusqu'à ce que Dieu les prenne dans son ciel. Ils retomberaient, jusqu'à ce que nos cheveux cessent de blanchir sous leurs cendres.

Le disque de la lune, blanc miraculeux aux ombres céruléennes, aux cratères apparents, illumina la flaque. Nous vîmes ses éclats sur la peau de Mammon.

Elle avait remonté.

Forcée, elle pataugeait dans la mare qui restait, se cognant sur les bords de la flaque d'eau noire, se cognant aux limites de la vase jaune et lisse.

*

Tu dis : – C'est le moment.

Tu quittas ta chemise, et enfilas autour de ton cou le couteau de chasse, le seul qui acceptait de rendre ses reflets à la lune. Je me mis torse nu, moi aussi, guerrière à tes côtés. Tu pris sous ton bras gauche le fagot des épieux, et sous l'autre les deux tiers des planches. Je pris ce qui restait, et aussi le fusil d'assaut en bandoulière.

Nous allâmes, sous la lune, glissant sur la vase, moi ramassant à mesure de notre progression les planches que tu jetais devant toi, vers la flaque, ne restant jamais plus d'une poignée de secondes sur une planche, veillant à ne jamais poser nos pieds ensemble sur le même bois. Sous nos pas, sous nos pieds, nous sentions la langueur des épaisseurs de vase ; des couches et des strates, une fosse presque emplie, avide, la vase pleine des morts.

Le cloaque aspirait à nous prendre.

Nous ne disions pas mot. Tu chantonnais entre tes dents serrées. Je voyais aux reflets de la lune la sueur qui coulait dans ton dos.

Mammon ne disait rien, elle ne mugissait pas.

Nous voyions grandir la montagne de son dos, à mesure que la vase montait sous elle et l'obligeait à s'émerger ; les moignons de ses bras-nageoires rencontraient la vase lisse, jaune, sous elle. Et combien de temps encore pourrait-elle monter, avant de s'échouer, puis que la vase l'avale ?

*

Nous fûmes près de la flaque, sur la lèvre de vase, à moins de trente mètres d'elle.

Son groin, la grosse bouche enflée de mérou, avalait l'eau bleue dans un bruit de succion, comme on aspire l'air au bord de l'asphyxie. Son dos lisse, obscène, sa peau de mammifère reflétait le disque blanc de lune. Les nageoires atrophiées jouaient sous cette peau pour se maintenir, encore, pour nager ; encore ; échapper à la vase. Éperdument.

D'une planche à l'autre, nous marchâmes sur le bord de son trou d'eau, nous la regardâmes.

Tu dis : – Laisse ton fusil. Mammon ne se tue pas ainsi.

Je dis : – Il faudra hérisser son dos avec les épieux, faire comme des harpons depuis une baleinière.

— Il n'est plus temps, Ismaëlle, nous arrivons trop tard. Je ne pourrais même pas me glisser sous son ventre et la fendre. C'est la vase qui l'emporte.

Tu glissas dans l'eau noire, tu nageas vers elle, laissant derrière toi une écume en V comme laissent les crocodiles. Et sans doute tes genoux et tes pieds frôlaient la vase. Je te vis t'approcher ; elle, elle te sentit. Elle secoua la tête, grogna, elle te chercha du mufle. Tu te redressas, t'appuyas sur elle, main posée, la paume écartée, à deux mains des grosses lèvres qui happaient.

Elle donna les derniers coups de tête, les dernières ruades.

À vous voir tous les deux, toi qui te tenais émergé à mi-corps, appuyé sur la gueule qui voulait t'avaler, tu me semblas comme un centaure, ou un demi-dieu noir qui s'apprêtait à chevaucher la Bête.

Il n'y eut pas un bruit : ni cri ni mugissement.

Si vous vous parlâtes, vos chuchotements ne parvinrent pas sur l'eau jusqu'à moi.

Je la vis s'affaisser, presque sans bouger, les muscles cessèrent de tendre la peau lisse sur son dos. Simplement, la vie s'en alla. Elle n'eut pas un spasme. Une montagne de viande s'avachit. Puis, elle roula, un peu, sur le flanc. Son ventre était clair, jaune, peau fragile.

Tu nageas vers moi, toi, le « héros nègre » – comme tu disais avant de me connaître.

Tu sortis luisant, graisseux, encore noir de son sang. Tu n'eus pas un regard en arrière, vers la dépouille que déjà les mouettes venaient piocher, en criant, disputant, avant que la vase l'aspire. Tu ne dis pas un mot et nous allâmes ainsi, moi derrière, toi devant, jetant les planches, jusqu'à la rive française, la plus proche, glissant sur la vase.

Nous laissâmes derrière nous disparaître le bateau, et Mammon, happés vers le fond. L'oubli.

*

Nous nous allongeâmes sur la rive, dans l'herbe, demi-nus, couverts de sueur, et toi du sang de Bête. L'air était tiède. L'herbe sentait la terre, le printemps, ses lames vertes nous frôlaient sous la brise de nuit. Nous voyions le ciel noir sans étoiles, seulement l'astre mort et immense de la lune.

Tu te redressas. Assis, tu regardas la fosse dont la peau de vase, lisse, s'était refermée. Une longue peau jaune, alanguie, plate comme une main.

— Haw haw haw. Haw haw haw haw…

Tu te relevas, je t'entendis monter le long de la berge. Je crus que tu allais simplement ramasser des branches pour faire un feu, ou pisser. Quand je me relevai, tu avais disparu.

Sans toi

Tu n'es pas revenu. Tu ne reviendras pas, peut-être, avant que le lac se couvre de nouveau d'une algue que je connais, livide. Et tu fendras Mammon qui fait tout disparaître. Parce que les ordres n'ont pas cessé de partir des banques, ils ne cessent jamais.

*

La vase a disparu. Elle est redescendue après plusieurs semaines d'une odeur de boues et l'eau s'est refermée à nouveau sur la fosse. Comme une peau tendue, blême, d'un bleu d'acier parfois, et parfois d'un bleu noir, qui ne reflète pas les lumières de vos villes.

Vous avez produit quelques explications – des savants, scientifiques, et puis des militaires.

Il n'y a plus de corps.

Les morts ne remontent plus, flottant à la surface, humbles jouets des vagues. Dans la paume des mains, l'eau est claire. Vous avez dû refermer les brèches des caveaux de vos blanchisseries. Vos coffres. Avec du béton et des plaques en acier, pour que les morts ne glissent pas de nouveau dans la fosse. Mais ils ressortiront. Vous n'empêcherez rien, vous ne pourrez jamais échapper à leurs cris – vous gagnez simplement du temps, et du mensonge.

Je regarde le soir les lumières s'allumer à vos villes : les fenêtres, les voitures qui rentrent avec leur tribut jusqu'à vos maisons pleines ; et le crissement des cristaux digitaux ; le bruit de lumière verte que font vos ordres, vos consignes de banque.

Je me suis installée dans les ruines du palais. La nuit, je fais des feux, clairs, brillants, je vois danser les ombres.

Tout le jour, je parcours le plateau le long des fermes, des carrés barbelés. Je croise les bouviers, ils présentent l'hommage lige. Je suis un chien, j'aboie ; un chien ; mais je demeure au bord de cette fosse. La nôtre. Je ne parcours pas toutes les terres de l'homme. Je ne partirai pas comme toi vers d'autres lacs, pour fendre d'autres Bêtes.

Mon ventre devient trop lourd.

*

Le soir, au crépuscule, je vais m'asseoir sur un talus d'herbes, juste au-dessus du lopin de terre fraîche que vous avez remué pour y planter les morts. Je reste là, assise, en surplomb, et je vois la grande flaque noire, mate, du lac. Les collines m'entourent, les hanches de mes sœurs, leurs hanches et leurs flancs. Mes sœurs, mes petites sœurs... Assise sur le tertre, jambes pendantes, bras ballants, ventre rond, je regarde les morts qui sortent de la terre.

Leurs mains fouillent les mottes, les sillons, puis ils sortent, s'époussettent les épaules. Ils descendent vers le lac, par petits groupes informes, leurs silhouettes ossues ; leurs démarches incertaines et leurs visages tristes. Le peuple des absents... Ils font leurs ablutions. Ils me hantent. Au moins, ceux-là reçoivent les pluies nouvelles qui s'offrent à la terre, leurs mains se tendent à l'air fragile du soir. Au moins, ceux-là sortent dans le silence. Et leurs ombres circulent. Ils ne grifferont plus le béton des caveaux.

Ils descendent au lac, ils nagent dans l'eau nocturne, sans reflets. J'entends le bruit que font leurs brasses calmes, lentes, un clapotis de l'eau. J'ignore ce qui les mène à venir tous les soirs recevoir de nouveau cet étrange baptême : nager sur la peau. Puis ils remontent, par petits groupes épars. Vous entendez leurs longs gémissements, leurs chants tristes de nuit. Vous dites que c'est le vent, vous savez bien que non.

L'air est froid, il écorche la peau. Je sens le sang qui bat contre mes vieilles blessures. Mes nerfs tressaillent parfois, à entendre un avion. Je n'ai pas de bracelet, seulement des souvenirs. Dans la fraîcheur du soir flotte l'odeur des feux. L'air s'est chargé du parfum de la neige. Elle vient, elle va venir, peut-être même avant notre naissance.

*

D'autres soirs, sur le tertre, je parle à notre enfant au travers de ma peau. Il m'occupe, puissance coloniale – tu disais « l'expulser avant qu'il ait des dents ». Tu disais cela. Tu disais le ventre encore fécond, tu disais que la Bête était immonde, et grosse, sans cesse, lourde de son engeance, et le ventre si gros, si gras, les mains avides – *Greed.*

Tu m'as dessillée.

Tu te trompais, aussi.

Te souviens-tu ?

Est-il venu en moi, cet enfant, dès notre première fois, quand je t'ai accueilli, et toi tu m'as reçue ? Je ne crois pas. Il y a eu la joie, d'abord ; puis le plaisir ; puis enfin la promesse. L'espérance.

Cet enfant, c'est cela, tout cela, et c'est toute la joie. Je peux laisser la joie l'emplir, mon ventre, comme parfois les larmes savent aussi le gonfler. La joie ne creuse rien, elle dilate ; elle est contrepoison.

Moi, je le sens bouger, l'animal aquatique, en mon sein. Notre enfant. As-tu appris de lui, toi aussi ? Reviendras-tu me dire ?

*

Certains soirs de fin d'été indien, jambes pendantes, ventre rond, peau si blanche, sang bleu, je te parle, Ézéchiel. Chrysostome. Bouche d'Or moi aussi, malgré mes pauvres mots :

— Oui, désormais, je sais. Mes yeux se sont ouverts. Tu m'as ouvert les yeux, mes écailles sont tombées. Je vois dans chaque ventre la même avidité, les mêmes bêtes courir dans tous nos sangs.

Mais n'oublie pas, Ézéchiel. J'entends ton souffle, déjà, qui s'accélère, chuchote, et qui se mêle au mien. Et je ne croirai jamais que tes soupirs puissent devenir un assaut contre moi. Dans mes bras, Ézéchiel. Rien, jamais, ne me fera oublier ta peau contre la mienne, ton rire dans le mien.

Tu es la joie du monde, tu es toute la joie.

Tu es beau, ta peau ; et ta douceur. Et lorsque tu emplissais mon corps, chaud, brûlant, tu ne livrais aucune guerre ; c'est la vie que nous buvions, que nous célébrions. Joyeuse, joyeuse. Tu peux encore mordre et baiser mon cou, en pensées.

Tu ne m'égorgeras pas, je ne crains rien pour moi.

*

D'avril à avril, de décembre à décembre, mes cheveux ont blanchi. Je te serre et t'étreins. En songe. En souvenirs. Il me reste cela ; quand je sens ta chaleur, et quand je vois tes yeux qui brillent dans la nuit, étoiles, astres ; et ton corps noir tranche sur le noir de la nuit.

Remerciements

Je tiens à remercier tout particulièrement Caroline Laurent, mon éditrice, avec qui nous avons travaillé ce livre précisément, en fixant des nuances, des incarnations, pour qu'il soit ce qu'il devait être – c'est elle aussi qui lui a donné son titre.

J'ai écrit d'innombrables versions de *Fais de moi...* pendant près de dix ans, en marge (et parfois presque en dissidence) de mon travail habituel de romancier. Ma gratitude va à tous ceux et toutes celles qui m'ont accompagné, au fil de cette longue écriture, et qui m'ont poussé à persister – notamment Laurent M. et Claire R. pour la première version, Marine C. et Alice B.-H. pour la dernière. Ainsi qu'au CNL pour son soutien.

Juliette, qui me lit et m'accompagne au fil des jours, sait bien entendu tout ce que ce roman lui doit – et que sans elle, je ne suis rien.

Dans la même collection

Carl Aderhold
Rouge

Catherine Bardon
Les Déracinés

Hervé Bel
La femme qui ment

Jérôme Chantreau
Avant que naisse la forêt
Les enfants de ma mère

Pierre Cochez
La vie serait simple à Manneville

Vincent Engel
Le Miroir des illusions

Carine Fernandez
Mille ans après la guerre

Dominique Fortier
La Porte du ciel

Gérard Gréverand
Le Capitaine à l'heure des ponts tranquilles

Fawaz Hussain
Le Rêveur des bords du Tigre

Arthur Loustalot
Ostende 21

Cédric Morgan
Le Goût du vent sur les lèvres

Anne-Sophie Moszkowicz
N'oublie rien en chemin

Alexandre Najjar
Mimosa

Diane Peylin
La Grande Roue
Même les pêcheurs ont le mal de mer

Évelyne Pisier et Caroline Laurent
Et soudain, la liberté

Claire Renaud
Nous aurons des lits pleins d'odeurs légères

Catherine Rolland
Le Cas singulier de Benjamin T.

Fabrice Tassel
Courir dans la neige

Caroline Vié
Ni tout à fait une autre

Pour en savoir plus sur l'actualité des Escales,
vous pouvez consulter notre site Internet
www.lisez.com
et nous suivre sur les réseaux sociaux

Editions Les Escales

@LesEscales

@LesEscales

Imprimé en France par CPI
en mai 2018

N° d'impression : 3028862